VIDA DE COMPROMISO
ROSA RODRÍGUEZ DE TAPIA (1915-1986)

Rose Marie Tapia

I.S.B.N. 9789962656227

NOTA DE LA AUTORA

Queridos lectores, no pretendan encontrar hazañas heroicas en este testimonio, sino lo sencillo y humano, de esos eventos cercanos que tocan el alma y nos dejan sin aliento.

A través de las voces de hijos, amigos y estudiantes quiero darles a conocer las vivencias de Rosa Rodríguez de Tapia, mi madre, una mujer que se entregó en cuerpo y alma a la misión de enseñar. En su escritorio de la escuela Hipólito Pérez Tello tenía plastificada una cita del filósofo José Ingenieros: «El maestro, que no cumple con el sagrado deber de enseñar, le causa un daño irreparable a la sociedad que le confió su porvenir».

Considero que los pequeños acontecimientos humanos pueden ser hasta más importantes que las grandes hazañas, por su calidez y sencillez, y por el significado de vida que conllevan.

Mi memoria no es un instrumento ideal, pues observa al pasado desde el presente y me ubico en un punto que está en medio de la nada. Debo anclarlo en los recuerdos que irrumpen en mi mente de manera espontánea. Llegan desde mi corazón para darme la información esencial que conforma este testimonio. Utilizo las palabras y el silencio; porque mi madre nos enseñó que, en ocasiones, el silencio es la respuesta sensata.

Con humildad, les entrego esta semblanza que, hoy, es evidencia de una vida de compromiso, amor y entrega.

DEDICATORIA

A la memoria de Rosa Rodríguez de Tapia; mujer inolvidable, un modelo a seguir por su vida de compromiso como madre, hija, hermana, amiga, educadora y ciudadana. Una mujer de fe, cuyo legado trasciende lugares y fechas.

A mis hermanos: Edna (Q.E.P.D.), Juan Carlos, Solveig, Raúl y Marisela; a mis sobrinos, a mis primos y a toda nuestra familia, unidos hoy por el respeto, amor y admiración a ella y su legado.

A los educadores que, como mi madre, dedican sus vidas a la sagrada misión de enseñar y de transformar la sociedad, aquellos que construyen el futuro de un país educando, formando a sus ciudadanos, sin esperar reconocimientos ni incentivos. Este testimonio de una vida de compromiso, es para resaltar y exaltar la labor incansable de tantos docentes de mi país.

Y también a ustedes, queridos lectores, motivándolos a que rindan homenaje a sus madres, recordando siempre que los buenos hijos escriben su historia en el corazón de ellas.

LA MUERTE NO ES EL FINAL

No llores si me amas; por favor, no te entristezcas ni derrames, lágrimas ni te abraces a la pena de esta separación física temporal. La muerte no es nada; no he hecho más que pasar al otro lado. ¡Si conocieras lo que es el don de Dios y lo que es el cielo! ¡Si pudieras oír el cántico de los ángeles y verme en medio de ellos!

Me has amado en el país de las sombras, no te resignas a verme en el de las inmutables realidades; créeme, lo que éramos el uno para el otro, lo seguimos siendo. Por eso, dame el nombre que siempre me diste, que se pronuncie como siempre, sin huella alguna de sombra o pena. Háblame como siempre me hablaste, sin emplear un tono distinto, sin emplear una expresión solemne ni triste; por el contrario, empieza de nuevo con valentía y con una sonrisa por mi memoria y, en mi nombre, vive tu vida y haz todas las cosas igual que antes, sigue riendo de lo que nos hacía reír juntos; reza, sonríe, piensa en mí, reza conmigo.

La vida es lo que siempre fue, el hilo no se ha cortado, solo estoy fuera de tu vista, pero no estoy lejos, tan solo a la vuelta del camino. Créeme: cuando llegue el día que Dios ha fijado y tu alma venga a este cielo en que te ha precedido la mía, volverás a encontrar mi corazón, volverás a verme en la transfiguración, feliz, ya no esperando la muerte, sino avanzando contigo por los senderos de la luz. Por eso, nunca, nunca tengas miedo a morir, porque estaré esperándote aquí en el cielo, así que enjuga tus lágrimas y no llores si me amas.

San Agustín de Hipona

CAPÍTULO 1

Escribiré tu historia, Madre. Nos la contaste en fragmentos. Espero hacer un buen trabajo. No será tarea fácil narrar la vida de la mujer más maravillosa que he conocido. Quiero discernir en ti al ser humano perdurable, expresar esa vibración de eternidad inmutable que nos deja la persona que nos influye.

Los recuerdos no son historia: es la vida llena de polvo, sin retoque, es justo ahí, en la calidez de la voz humana, en donde se ve el reflejo del pasado, donde se muestra la auténtica dicha y la inevitable aflicción de la vida. Es como construir un templo con mis sentimientos para rendirte homenaje.

Tus acciones reflejaban esa compasión que te acompañó toda la vida. Y la compasión es desear ver a los demás libres de sufrimiento, independientemente del dolor previo que ellos pudieran habernos causado.

No es fácil dibujar tu rostro con palabras: esa expresión de dulzura con cada sonrisa, la frente amplia, los ojos soñadores. Una belleza imponente, alta, blanca, cabellos rubios. Distinguida, elegante, con la educación de una dama y la dulzura de un ángel. Tus palabras manifestaban la fuerza y la autoridad. Tu mirada a lo alto, revelaba tu confianza hacia el Padre. Tu aliento entrecortado reflejaba la cercanía al dolor y a la debilidad de los demás.

Manejabas con mucha sutileza la dualidad bondad-severidad, aplicándola con un discernimiento innato y siempre acertado. Quien te conoció jamás te olvidó, porque eras de esas personas que conmueven incluso a los más indiferentes.

Eras alegre, con la alegría que resulta de un alma noble, de un corazón sensible, capaz de transformar el dolor en sonrisas. Tu expresión compasiva sanaba las heridas más profundas. Tu abrazo solidario daba la certeza de que se podía contar contigo; tu palabra era asertiva y fuerte, te hacía ver desde otra perspectiva.

Nunca perdiste el optimismo ni las ganas de vivir. Contabas con grandes amigos, una familia que te amaba y una comunidad que reconoció tus méritos. Conservabas el equilibrio de las fuerzas espirituales que te sostenían en la adversidad. Eras capaz de amar, aunque te hirieran. Pese a las situaciones de tristeza que enfrentaste, conservaste el brillo de tu mirada.

Construías tu vida con sueños. Callabas cuando la prudencia lo requería, porque sabías que el silencio abre las puertas a quienes sufren para expresar su dolor. Nunca mirabas hacia atrás, ni te lamentabas por algo que hubieras perdido. Manifestabas que todo pasa para bien y gloria del Señor.

Hija de europeos —madre italiana, padre portugués— tus años de infancia los contabas con mucho orgullo. Tu abuela, Felicia Cabella, era una mujer bellísima y admirada por todos. Trigueña, de cabellos rubios y los ojos color de miel. Felicia era valiente, capaz de enfrentar cualquier reto. El tiempo y las circunstancias hicieron que madurara la certeza del peligro que corrían ella y su pequeña hija. Miguel Finamore, su esposo, era capitán del ejército, encargado de administrar justicia en Sala Consilina E Padula, una aldea del sur de Italia, por lo que recibía muchas amenazas que no podían pasar inadvertidas.

Un día, Felicia tomó a su niña de diez años, Francesca, y viajó a Panamá. Miguel no se resignó y la buscó por todo el Caribe, en todas direcciones, hasta en Brasil, sin encontrarlas. Nunca se le ocurrió buscarlas en Panamá. Miguel se estableció en Venezuela. Francesca, mi abuela, la hija de Felicia, creció en Panamá y se casó con el portugués José Homen Rodríguez, soldado del ejército, quien arribó a Panamá a los veintiún años, proveniente de las islas Pico de las Azores. A José se le oyó decir que cierta vez, cuando navegaba por aguas panameñas, se enamoró de tal forma de esta tierra que no pudo resistir la tentación de quedarse, por lo que se arrojó al mar. Nadó durante muchas horas hasta llegar a las playas panameñas. En este país trabajó como capitán de remolcadores en el canal de Panamá y, aunque le ofrecieron la nacionalidad estadounidense, la rechazó, afirmando que se sentía orgulloso de tener la panameña.

José se encontró con Francesca, se enamoró y luego se casó con ella y se establecieron en Calle 13, Santa Ana. Así es el destino, dos europeos que se conocen en Panamá y comparten una vida plena de amor. Francesca fue una madre ejemplar, ama de casa pendiente de su familia, durante toda su vida atendió a su esposo y a sus seis hijos: Ana, José, Felicidad, Elena, Rosa y Cecilia.

A José, tu padre, le apodaron «Pin», y era común que así se le llamara. Los esposos formaron una familia admirable.

Madre, siempre nos contabas las historias de tu familia como una forma de conservar los vínculos de amor que profesabas a tus seres queridos. Esto que escribo hoy sobre estas páginas fueron grabadas por ti en mi mente, en nuestra memoria, durante gratas horas de conversación familiar.

Naciste en esta tierra istmeña un 10 de marzo de 1915, cuando este país empezaba a ver, cristalizado aquel antiguo empeño de unir los dos mares. Estudiaste magisterio en la Normal de Institutoras, en el barrio de La Exposición, y fuiste una alumna sobresaliente. Una de tus grandes satisfacciones fue cuando, por tu buen desempeño, te designaron portadora de la Bandera, un 3 de noviembre. Te graduaste a los diecisiete años y fuiste nombrada maestra en el año 1932 en La Tiza, cerca de Las Tablas. Francesca viajó contigo. Cada vez que una de sus hijas trabajaba en el interior, la madre las acompañaba.

Te adaptaste al lugar con alegría y buena disposición, nos cuentas que asistías a todos los eventos, desde las fiestas patronales hasta los velorios. El que más te impresionó fue el de una joven de dieciocho años, cantante de tamborito, quien murió de repente. Era bella, alegre, bailaba con donaire. Cuando llegaste al velorio, acompañada de Francesca, la abuela de la joven lloraba, caminando alrededor del ataúd. Una de las lugareñas te la presentó, la señora intensificó su llanto, prosiguió su caminata de un lado a otro de la sala. De pronto se detuvo y dijo en tono solemne.

—¡Ay, Candelaria! Recuerdo cuando te ponías la pollera de lujo para ir al tamborito y cantabas: «Los gringos son los que mandan, los que mandan son los gringos, los que mandan son los gringos».

Para tu sorpresa, la abuela no solo cantaba, sino que sujetaba su falda de un lado y del otro como si fuera una pollera, bailando por la sala, mientras que los asistentes palmoteaban. Y era grande su dolor.

—¡Ay, Cande! ¡Cómo me duele, Cande! —decía la abuela al final de la tonada.

Tú y Francesca fueron las únicas que no palmotearon al son del tamborito. La escena superó tu capacidad de asombro, porque no concebías que un funeral se transformara en un animado tamborito.

También observaste que no rezaban las letanías del rosario, sino que las inventaban, entre ellas aquella de «las olas que se quiñan solas, por el dedo *enñemao* de nuestro señor Jesucristo». La que más te llamó la atención fue una en la que pretendían hacer rimas: «Por aquel iguano macho que en el palo está colgao, que Dios la saque de pena y la libre del pecao».

Cuando llegaste a la escuela, las otras maestras te explicaron que esa era la costumbre al despedir a una *cantalante;* su forma de rendir un postrer tributo a alguien que hizo de la alegría popular un objetivo.

La escuela era una casa vieja y humilde. Una maestra te puso al tanto de las carencias del lugar. Te encontraste con una escuela multigrado. Trabajabas con tres grados y como no contabas con experiencia, las dificultades te agobiaban. Pero, poco a poco, te adaptaste y finalmente te encantó tu trabajo. Te diste cuenta de que naciste para enseñar.

Al año siguiente te trasladaron a Guararé. Allí aprendiste a tocar guitarra y distraías a tus amigos con relatos y las canciones de moda.

Tres años después conociste al que sería tu único novio y esposo: Santiago, buen hombre, pero aventurero. Él había nacido también en esta tierra, un 7 de agosto de 1908. Una vez salió del colegio La Salle, donde estudió el bachillerato, se fue a recorrer el mundo. Desde los dieciocho años se embarcó, realizando las labores de contador en una de esas naves que surcaba los océanos. Para nosotros fue un verdadero misterio que una joven chapada a la antigua hubiera aceptado a un hombre desenfadado, trotamundos, que a temprana edad conocía tantos países. Llegamos a la conclusión de que los unió el destino, y el amor.

Santiago estudiaba en Chile la carrera de abogado cuando fue asaltado, despojado de su abrigo, cartera y pasaporte. Quedó a la intemperie durante una noche. Cuando la Policía lo encontró lo llevaron al hospital en estado de coma y con una grave neumonía. Pasó meses sin poder recordar quién era. En Panamá lo dieron por muerto, y hasta novenario le hicieron. Cuando logró restablecerse se comunicó con la embajada, que le proporcionó un pasaporte y el boleto de regreso. A la abuela Tota, que era como su madre, casi le da un soponcio cuando él se presentó de improviso, pero lo perdonó cuando él prometió no volver a viajar y establecerse en su país.

Meses después de regresar de ese viaje, Santiago te conoció. Dicen que los extremos se atraen. Papá contaba que fue amor a primera vista. Desde que te vio supo que serías su esposa, la madre de sus hijos. Le resultó difícil conquistarte porque era la tuya, una familia con reglas severas, pero él, por amor, las cumplió todas.

Contaba que cuando te visitaba, la familia en pleno lo recibía; se sentaban en la sala, frente a mi abuelo Pin; al lado, a una distancia de un metro, tú y en las demás sillas, la abuela Francesca y tus hermanos: Ana, Felicidad, Elena, Cecilia y José. Los temas de conversación los escogía el abuelo.

Mi padre tenía la gran ventaja del viajero, haber recorrido mundo y conocer la cultura de muchos lugares: Europa, Asia y varios países de América. También era excelente lector, así que no se le agotaban los temas. Nos dijo que nunca salió solo contigo, cuando te invitaba a salir a la calle, los acompañaban por lo menos dos de tus hermanas. Le preguntamos cómo era posible que con su genio hubiera soportado ese régimen. Nos contestó que el verdadero amor resiste todas las restricciones por absurdas que sean. En ocasiones se disgustaba, pero tu sonrisa lo desarmaba.

En cierta oportunidad todas tus hermanas estaban ocupadas y fuiste al cine con él y los acompañó la tía Cecilia, la pequeña de tus hermanas, la más traviesa y alegre. Cuando llegaron a la sala del cine, la oscuridad los obligaba a ir despacio. Cuando se sentaron, Cecilia te dijo:

—Se pueden besar, porque yo no veo, no veo nada...

Por supuesto que no lo hiciste. Tu novio escuchó y soltó la carcajada. Él te visitaba en el interior, donde trabajabas, en los tiempos en que el trayecto era de ocho horas en «chiva gallinera», aquellos vehículos de transporte público donde los pasajeros viajaban muy apretados. Apenas que llegaban a algún sitio, la prioridad era correr directo al baño.

Francesca no era tan severa, te daba ciertas libertades, como dejarlos solos mientras preparaba el brindis para el invitado. Mi padre te dijo por esos días que roncaba muy fuerte; una mañana, bien temprano, la vecina te dijo:

—Anoche bajó el tigre.

—¿El tigre? —preguntabas tú.

—Sí, ¿no oyeron cómo rugía?

De esa forma era que te enterabas de que tu novio estaba hospedado en el pueblo, para visitarte.

El 4 de marzo de 1936, fue un miércoles, murió Pin. Tu padre tenía setenta años y falleció de un infarto cerebral. Contabas que el tener que retirarse del trabajo lo afectó mucho. No encontró la manera de ocupar su tiempo. Un hombre que se levantaba todos los días a las cuatro de la madrugada para arreglarse e ir a sus labores, no soportó estar cruzado de brazos.

Tú y Santiago se casaron un 27 de marzo de 1939. Deseaban una gran familia. Renunciaste a tu trabajo de maestra y, durante doce años, te dedicaste a atender a tus hijos. El 27 de enero de 1940 ingresaste al hospital para dar a luz. Tu esposo deseaba un hijo varón para ponerle su nombre. Nació una hermosa niña, Edna. Papá contaba que, pese a la sorpresa, no se sintió decepcionado: una inmensa alegría colmó su corazón. Al verlo así, le aseguraste que el próximo sería varón. Así fue.

Dos años después, el 5 de febrero de 1942, diste a luz a Juan Carlos, el niño que tu esposo tanto anhelaba. Por cuestiones de fe, Santiago le prometió a don Bosco ponerle Juan, y esperar su segundo hijo varón, para cumplir su deseo de llamarlo como él. Ese fue uno de los días más felices de su vida, por su hijo y por su devoción al santo, acrecentada desde entonces y mantenida hasta el último día de su vida.

El 14 de mayo de 1943 nació Solveig, la segunda niña del matrimonio. Eso aconteció en plena Segunda Guerra Mundial, con las medidas del *black out* vigentes. Por seguridad, con la ciudad a un costado de la Zona del Canal, todas las luces se apagaban para dificultar un posible bombardeo enemigo.

Tú y tu esposo, en horas de la madrugada, sin transporte para llegar al hospital, tuvieron que emprender la travesía caminando en la oscuridad. Te detenías con cada contracción. Mi padre desesperado, temía que parieras en media calle. Hiciste acopio de todas tus fuerzas y llegaron al hospital, te pusieron en una camilla y fueron en busca del médico. La enfermera acababa de llegar y todavía tenía la cartera en el hombro cuando te escuchó decir que no aguantabas más. Te examinó y se dio cuenta de que el alumbramiento era inminente; sin tiempo siquiera para ponerse los guantes, la niña cayó en sus manos. El médico, que llegaba en ese instante, tomó a la criatura en sus brazos y exclamó.

—¡Qué hermosa niña!

El 14 de abril de 1945 nació tu segundo hijo varón: Raúl Santiago. Por fin se cumpliría el anhelo de papá de ponerle su nombre a un hijo. Él no usaba su primer nombre, pero deseaba que su hijo lo hiciera. El bebé era enorme, no cabía en la cunita para recién nacidos del hospital y los pies se le salían por los barrotes. Cuando llegó a la casa, la empleada lo apodó «Peyullo», por un cantante desafinado que gozaba de gran popularidad por entonces.

Mi padre declaraba que cada vez que tenía un hijo era inmensamente feliz, pero que sus consentidas fuimos nosotras, sus niñas; jamás nos castigó físicamente.

Tú, Madre, manifestaste que deseabas tener seis hijos, pero al quinto embarazo el médico te dijo que debías operarte, porque tus várices no soportarían un nuevo embarazo. Le respondiste que quizás la voluntad de Dios iba a ser que aquel embarazo fuese de mellizos. A los ocho meses el médico te ordenó una radiografía.

Los resultados los confundieron y te dijeron que solo tendrías un hijo.

El 6 de diciembre de 1947 llegaste al hospital a dar a luz a tu quinto niño, como suponías. Se encontraron con una gran sorpresa cuando nació Marisela. La enfermera le mostró la bebé a mi padre y le dijo:

—Aquí hay una, y otra adentro.

A papá lo embargaba la felicidad; pese a la difícil situación económica postguerra, era más importante para él que cumplieras tu sueño de tener seis hijos. No obstante, cuando la enfermera le mostró a Rose Marie, la otra bebé, le hizo una broma que casi le provoca un desmayo.

—Hay otra… y queda otra adentro.

La enfermera, al ver el efecto de su broma, rectificó apresuradamente.

—No, señor, no se asuste, son dos hermosas niñas. Solamente.

Marisela pesó siete libras y yo, ocho. Nos contaste que, esa vez, el presidente de la República, Enrique Adolfo Jiménez, llegó de visita al hospital y, cuando vio en el cuarto de los bebés a tus mellizas, entró a la habitación y te felicitó.

Mi padre no tuvo otro remedio que ayudarte. Desde que terminaba de darme el biberón, él tenía que dormirme, mientras tú se lo dabas a Marisela. Nací, morada, cianótica, estabas asustada, temiendo que no sobreviviera. Por esa razón me alimentabas primero. Debe ser por eso que la primera frase que dije fue: «Yo primero».

La abuela Tota también estaba temerosa de que yo no sobreviviera; mi primera sonrisa fue a los nueve meses y Tota se asustó; dijo: «Se va a morir». Te enojaste por eso y le dijiste que no te angustiara con presentimientos funestos.

La forma que encontró mi padre para dormirnos fue cantando. Tenía la voz entrenada por un sacerdote que en España daba clases de canto en un conservatorio. Al llegar a Panamá se encargó del coro del Colegio La Salle. El colegio hizo una audición y escogió a mi padre como la primera voz del coro. Por ese entonces la música de moda era el tango y todas las noches nos dormía a los acordes de un tango, sobre todo *Uno,* de Hugo del Carril.

En una ocasión, cuando yo tenía cinco años, mi tía Feli me preguntó si la quería y le respondí que no, porque «había perdido el corazón». Te enojaste mucho y dijiste que esa respuesta dramática se debía a los tangos que nos cantaba papá. Esperaste que llegara del trabajo y le contaste el incidente, recriminándolo.

—No quiero que les cantes tangos a las niñas para dormirlas

—¿Qué quieres que cante? ¿Los pollitos dicen pío, pío, pío?

No tuviste otro remedio que reírte ante la respuesta de «Chago».

Mi padre desde que éramos unas bebitas nos daba soda, nuestra preferida era la Coca Cola, aunque tú nos lo tenías prohibido. Desde los primeros meses nos conversabas mucho, así es que antes del año, hablábamos de corrido.

Después supe que yo, cuando ya me paraba en la cuna, pedía soda. Mi padre me daba la leche y yo la rechazaba e insistía en que quería soda.

—Tómese la leche, «carajita»—me reprochó él en cierta ocasión.

—«Gagito» tú—fue mi respuesta.

Mi padre, descendiente de español, tenía esa forma de expresión característica de sus ancestros, que en nuestra cultura resultaba de mal gusto, obscena, por lo que tú se la criticabas. Ese día él dijo que la respuesta no era por su vocabulario, sino una muestra de que yo sería irreverente.

Él jugaba todas las noches con sus hijos, y hasta creó un juego extraño, macabro, que llamaba «la diabla». No decía «el diablo» porque le tenías prohibido pronunciar el nombre del maligno. Se cubría con la manta, simulando estar dormido. Nosotros teníamos que acercarnos, pero pendientes de que no nos atrapara, porque nos haría cosquillas hasta perder el aliento.

Yo te llamaba antes de que me hiciera cosquillas, y tú le decías que no te gustaba ese juego, y que, si seguía portándose como un chiquillo, le darías dos chancletazos. Cuando mi papá nos atrapaba, tú, disgustada, le hacías cosquillas a él para liberarnos y, para escarmiento, le dabas dos chancletazos. A pesar de tu disgusto, mi papá nunca abandonó ese juego que nos divertía mucho.

Él jugaba con Peyullo y le preguntaba a quién quería más, y el niño contestaba, que a él, pero cuando se iba a trabajar, se te acercaba y decía: «Ñolo, fue para engañarlo».

Nos contaste que, de niño, Peyullo todas las noches buscaba el vestido que usaste durante el día y se dormía abrazado a él.

Cuando te disgustabas, tu respuesta era el silencio. Mi padre tenía un carácter volado y cuando gritaba, le aplicabas la ley del hielo. Luego él hacía ingentes esfuerzos para que lo miraras y tú como si no existiera. Te cantaba la canción «Perdón, vida de mi vida...» Minutos después, lo perdonabas y le ofrecías tu mejor sonrisa. No guardabas rencor, porque en tu corazón solo había espacio para el amor.

CAPÍTULO 2

La muerte de mi abuela dejó una herida en tu corazón. Sufrías cada vez que nos relatabas esa terrible tragedia. Francesca fue una esposa abnegada, una madre ejemplar que visitaba todos los meses a su hija Elena, que vivía en Chitré. Ella viajaba en el barco «La Unión», propiedad de Pacífico Ríos, padre de Vicente Euclides, el esposo de Elena. Pasados unos días, regresaba a Panamá, y lo primero que hacía era visitar a su nieta Edna, cuyo nombre no podía pronunciar bien y la llamaba «Esna».

El 28 de octubre de 1942, a las tres y media de la tarde, se escuchó la señal del capitán Vicente Euclides Ríos. El barco «La Unión» estaba listo para zarpar con mercancía diversa, ochenta y cinco cabezas de ganado, enseres y la tripulación formada por Pacífico Ríos, contador y propietario del barco, el Capitán Vicente Euclides Ríos; el piloto, Andrés Pérez; Dionisio Jiménez, primer maquinista; Ignacio Villarreal, segundo maquinista; los marineros Roberto Villarreal, Luciano Mendoza, Enrique De Gracia y Sergio Pérez Saavedra.

A esta tripulación iban confiados veintinueve pasajeros: Francesca Finamore de Rodríguez, Bruniselda Ríos, de diez meses, Elena Rodríguez de Ríos, esposa del capitán, con siete meses de embarazo, Modesto Jaramillo, Justina Rodríguez, David Delgado, Isaías Herrera, Sebastián Picota, Antonio Bazán, Pablo Díaz, Melito

Rodríguez, Antonio Centella; Leopoldo Arosemena, Aquileo Ríos, Daniel Sánchez, Luz Benavides, Justina Rodríguez...

El barco debía zarpar en el momento en que el mar alcanzara su más alto nivel. El maquinista y su ayudante bajaron al cuarto de máquinas y trataron de arrancarlas, sin lograrlo; ponen a funcionar el compresor auxiliar para levantar la presión de los aires en los tanques de almacenamiento. Intentan, una vez más, encender la máquina. Una hora más tarde de lo señalado se escucha el replicar del motor que anuncia la salida. Los marineros sueltan los amarres que sujetan el barco a los pilotes del muelle. El capitán anuncia que todo está listo para zarpar y una campanada ordena al maquinista dar marcha hacia delante. El barco vira a estribor para entrar en mar abierto, mientras a lo lejos, se divisa la costa.

Cuando el maquinista y su ayudante suben a la cubierta, Melito Rodríguez, uno de los pasajeros y maquinista del barco «El Colón», le pregunta al primer maquinista si le ha dado más velocidad a la máquina para compensar la pérdida de tiempo a causa de la demora en el arranque. Él contesta que no es necesario. Después de conversar con algunos de los pasajeros, Melito se dirige al puente de mando, donde se encuentra con el piloto Andrés Pérez, al mando del timón. Comentan sobre la poca visibilidad que hay en ese momento; sin embargo, al observar al frente se vislumbran las costas de Aguadulce y atrás las de Los Santos, Chitré y Monagrillo.

En esa época estaba vigente, como manera de precaución, la medida de guerra que prohibía a los barcos llevar luces de navegación desde el exterior. Como el piloto se iba a dormir para retomar la guardia a las doce de la noche, Melito se coloca en la baranda trasera y se recuesta de espaldas. Escucha un fuerte impacto en la proa del barco. El silencio reina entre los pasajeros del barco. La máquina se queda parada a causa del golpe, solo se escucha el mugido de los novillos y el ruido de las olas que, al romper contra el casco del barco, caen al mar.

La situación es complicada, reina el desasosiego: el caos. Elena se da cuenta, al igual que otros pasajeros, de que el motor se ha parado. Se levanta, echa un vistazo al tranquilo mar negro y no le parece que suceda nada grave. La señora Francesca se limita a sonreír y le dirige a Elena palabras tranquilizadoras.

—No te asustes, vamos a orar.

—La oscuridad me aterra, mamá, no veo nada.

Los pasajeros guardan silencio, el miedo cubre el entorno de sombras y la oscuridad del mar intensifican la angustia. De repente, la confusión y los gritos quiebran el aterrador silencio. El capitán se dirige a la cubierta, mientras se escuchan voces agitadas. Nadie sabe lo que sucede. Todos gritan a la vez, preguntando qué pasa. Los pasajeros corren de un lado a otro en busca de información. Presienten la tragedia. El capitán ordena que, en primera instancia, las mujeres y los niños se pongan los salvavidas. Francesca se mantiene en silencio, reza, tomada de la mano de su hija Elena, que sostiene en brazos a Bruniselda su bebita.

Melito piensa que el barco ha chocado con un peñón o con un submarino, pero no es así. En ese momento «El Sambú», un barco de acero de propiedad de la compañía Eliot, enciende las luces. Se encuentra en el lado de babor del barco «La Unión». Al colisionarlo por el lado izquierdo hace que este gire a la derecha sin separarse, quedando ambos barcos a la par por unos segundos. «El Sambú» no detiene el motor, sino que comienza a separarse de «La Unión» y se aleja para detener su marcha a unos sesenta metros de distancia. Los pasajeros, aterrorizados, gritan a la tripulación de «El Sambú» que regresen a rescatarlos.

Melito va al puente de mando y le solicita al piloto que eche la «panga» al agua. Pero el bote de auxilio está roto como consecuencia de la colisión. Corre hacia la popa y baja por las escaleras que llevan de la cubierta al cuarto de máquinas. Encuentra al maquinista intentando arrancar el barco, sin lograrlo. El hombre le grita.

—¡Salga de aquí que está entrando mucha agua!

Melito va en busca de los salvavidas que están en la popa en una caja larga, los saca y se los ofrece a las personas, gritándoles.

—¡Pónganse los salvavidas que nos estamos hundiendo!

En medio de la confusión y el pánico, casi nadie le hace caso. Melito se coloca su salvavidas y se da cuenta de que no tiene tirantes, pero no puede regresar a buscar otro y se lanza al mar. Otros tres hombres saltan y nadan rápidamente hacia «El Sambú».

Melito se queda flotando hasta que agarra un toro de los que iban en la embarcación, creyendo que es una manera de llegar a tierra y pedir ayuda para los demás, pero después de hacer los cálculos se da cuenta de que le faltan como cuatro millas. El trayecto es demasiado largo para llegar agarrado de la res, decide dirigirse hacia «El Sambú».

A lo lejos se escucha el clamor de los náufragos pidiendo auxilio, también grita y escucha la voz de un marinero que le responde.

—¡Ya vamos!

El capitán Vicente Euclides, al ver que el barco se hundía, intenta subirse a la toldilla con su bebé de diez meses, su esposa y su suegra. Está consciente de que es imposible salvar a las tres. Le entrega la bebé a «Pulum» Centella, que ya se ha colocado el salvavidas y le dice.

—Salva a mi hija, yo tengo que ocuparme de mi esposa y de mi suegra.

Pulum se coloca a la bebita sobre su espalda, esta se desliza varias veces y él la agarra por la camisa blanca. Se la pone sobre su hombro derecho, mientras nada hacia el barco «El Sambú», pensando que ninguno de los dos sobrevivirá.

Los gritos llegan como rayos fulminantes, mezclándose con el ruido del océano. La turbulencia del mar y la de las emociones humanas se conjuran para recrear escenas espeluznantes: miedo, desesperación, agonía, indignación contra aquellos que pueden ayudar y no lo hacen. Furia ciega, mezclada con un sentimiento de confusión y frustración de los que se mantienen a flote, esperando ser socorridos, temiendo morir en el oscuro mar.

El capitán Ríos, su esposa embarazada y su suegra están en la cubierta, pero al hundirse el barco quedan en mar abierto. Él sostiene fuerte a Elena, mientras ella se aferra a una de las manos de Francesca. Pese a que es difícil mantenerse a flote, Vicente Euclides no suelta a Elena, y con la otra mano sostiene a su suegra. Hasta que siente que una de las dos, lo suelta. La oscuridad de la noche le impide ubicarla, pero el sonido que ella hace para mantenerse a flote lo orienta, nada hacia ella, la toma fuerte por el brazo y le pide que no se suelte. En ese momento, Elena se hunde y su suegra se vuelve a soltar. Vicente Euclides se sumerge para rescatar a Elena y Francesca se aleja. A sabiendas de que su hija tendrá mayor opción de salvarse, si ella se despide. La anciana siente la falta de aire, solo le quedan minutos de vida, pero tiene la certeza de que su hija y su nieta sobrevivirán. Con ese último pensamiento, reza en italiano y se aleja.

Padre nostro, che sei nei cieli,
sia santificato il tuo nome,
venga il tuo regno,
sia fatta la tua volontà…

En la oscuridad del mar, Francesca ve una luz que se aproxima, hace un esfuerzo y se mantiene a flote. Un hombre de anchas espaldas se acerca nadando a grandes brazadas, enseguida lo reconoce, es Pin, su esposo fallecido hace seis años, se abraza a su cuello.

—Querida esposa, vine por ti. Ahora descansarás en paz a mi lado.

—Pero, tú estás muerto.

—La muerte no existe, estoy del otro lado, allí te llevaré y nunca más nos separaremos.

La mujer se abandona en brazos de su esposo y eleva una plegaria para que sus seres queridos sobrevivan.

Mientras tanto, Vicente Euclides busca a Francesca sin ubicarla, Elena llora sin consuelo, gritando el nombre de su madre, hasta que, casi ahogados, son rescatados. Después de reanimarlos, los llevan al otro barco. Ella recobra la conciencia a los pocos minutos, pregunta, una y otra vez, por su madre. Le dicen que está desaparecida. También pregunta por su bebé, le informan que está a salvo. Recuerda que la niña casi nace en el mar y casi muere en él. El 7 de diciembre de 1941, cuando los japoneses atacaron Pearl Harbor, ella viajó hacia Chitré en el barco «La Unión» porque temía que los japoneses atacaran el canal de Panamá. El barco tuvo una avería y ella fue desembarcada para que viajara por tierra. Un día después dio a luz a Bruniselda, pero si no se hubiera dañado la máquina del barco, el parto hubiera ocurrido en alta mar.

Los demás pasajeros son rescatados por sus compañeros y por marineros de la nave hundida. Es Antonio Bazán quien toma la iniciativa del rescate, cortando las sogas que atan el bote salvavidas de «El Sambú».

Pacífico Ríos, padre del capitán, Vicente Euclides, sobrevive porque se apoya en el corralito de Bruniselda, la bebé. Mientras tanto, Melito es rescatado a las diez y media de la noche y lo llevan a «El Sambú». Él pregunta cuántos faltan por rescatar y le informan que cuatro: la señora Francesca Finamore de Rodríguez, el piloto Andrés Pérez, Ignacio Jiménez y Pablo Emilio Ulloa, un niño de cinco años. Al subir al barco, se encuentra con Pacífico Ríos, dueño del barco La Unión, disgustado por el comportamiento del capitán de «El Sambú».

Pacífico Ríos, Melito Rodríguez y un grupo de hombres se toman el mando del barco que los colisionó. Le explican al capitán que no deben abandonar el área, pues tienen la esperanza de encontrar a los desaparecidos. Guardan silencio para escuchar alguna llamada y así pasan el resto de la noche, hasta la cinco de la mañana. Como no ven ni escuchan nada, el capitán de «El Sambú» decide entrar al puerto de Aguadulce para informar lo ocurrido.

Al conocerse la noticia, una gran cantidad de personas acuden a las playas de Chitré, Monagrillo y Los Santos en busca de los desaparecidos. Lanchas y botes con remos recorrieron el área del accidente con la esperanza de encontrar a los náufragos. La acción fue infructuosa. Después de varios días de intensa búsqueda, solo queda el recuerdo de la tragedia y el dolor por la muerte de cuatro de sus pasajeros. También desaparecieron las ochenta y cinco cabezas de ganado y toda la mercancía que acarreaba el barco.

Los familiares de Panamá se enteraron de una manera inusitada. La radio dio la noticia y cuando Felicidad, hermana de Elena, iba para el trabajo, una vecina de nombre Manuela, le dijo:

—El barco «La Unión» naufragó y todos los pasajeros están muertos.

Felicidad perdió el conocimiento por varios minutos.

Francesca y todos los que murieron en el naufragio del barco «La Unión» fueron víctimas de la Segunda Guerra Mundial. La fatalidad fue la causa de este terrible accidente. El *black out* prohibía a los barcos encender las luces de navegación. Dos barcos que viajaban en distinta dirección: «La Unión», de Chitré, con rumbo noreste en dirección a la Punta de Antón; y «El Sambú» hacia el sureste, con dirección a Punta Mala. Ambos salieron casi a la misma hora para encontrarse en la intersección de las dos vías. El retraso ocasionado por el daño de la máquina de «La Unión» provocó la fatal coincidencia. Si uno de los barcos hubiera salido un minuto antes no se hubieran cruzado, una variación en la velocidad también habría evitado la tragedia. La oscuridad del inmenso mar también contribuyó a segar cuatro vidas y a marcar para siempre las de todos los sobrevivientes.

Francesca ofreció su vida para que su hija, Elena tuviera mayor oportunidad de sobrevivir. Esa fue la última lección, como legado de amor. Ese amor oblativo que da la vida por el ser amado. Su ejemplo pasará de generación en generación como una huella indeleble. No tuve el privilegio de conocerla, no obstante, desde que supe su trágico final, todos los años el 28 de octubre elevo una plegaria por su eterno descanso.

Madre, nos contaste que, a las siete y media de la noche, Edna, con solo dos años, llamaba a su abuelita Francesca. Tú sabías que viajaba en compañía de Elena hacia Panamá, pero la niña insistía en que la veía al lado de su cuna. Sentiste temor.

Te enteraste del naufragio al día siguiente y durante mucho tiempo tuviste la esperanza de que la encontraran, por lo menos su cadáver. Edna continuó viéndola varias noches seguidas y afirmaba que ella estaba a su lado, pero tú no la veías. Mi papá, aunque no lo confesara, sentía miedo. La muerte de Francesca marcó la vida de sus hijos, sobre todo de Elena, que por muchos años tuvo la misma pesadilla: el naufragio. Y tú le tenías pavor al mar. Tus hijas nunca aprendimos a nadar porque nos prohibiste ir a las playas. Años después he comprendido y justificados tus temores. Perder a una madre y no encontrar su cuerpo es terrible, aunque estoy segura de que ella descansa en la paz del Señor.

CAPÍTULO 3

Tus hijos tuvieron las enfermedades de la niñez. Peyullo a los cuatro años enfermó de gravedad. Cuando le describiste al médico los síntomas: fiebre, dolor muscular, vómito, fuerte dolor en la espalda y parálisis en las piernas, el doctor insinuó que podía ser poliomielitis. Vivíamos cerca de la iglesia de don Bosco. Tomaste la cartera y fuiste a la iglesia, entre lágrimas y plegaria le pediste a don Bosco su intervención. Dejaste a la empleada cuidando a Peyullo y al resto de tus hijos. Media hora después regresaste a casa para llevarlo al médico. Estabas tan angustiada que olvidaste la llave, tocaste la puerta varias veces, pero la empleada estaba lavando y no escuchó el timbre. Oíste la voz de Peyullo, y cuando al fin se abrió la puerta, allí estaba él, como si nunca hubiera estado enfermo. Te comunicaste con el doctor y le contaste el resultado de tus plegarias. Él contestó en tono indiferente que se alegraba. Estabas segura de que don Bosco lo había curado. A partir de entonces, tu devoción por el santo se incrementó.

Yo, desde los primeros meses, tuve una salud frágil. De todos tus hijos a mí fue a quien más cuidaste. Tu presencia me proporcionaba una fuerte sensación de protección y seguridad. Siempre recordaré tu forma de calmar mi dolor cuando pequeña, con el solo gesto de tomarme entre tus brazos, el dolor desaparecía. Me protegiste al extremo de que tus hermanas decían que exagerabas.

Tu alegría espontánea, aligeraba el dolor y cualquier tensión por dura que fuese. Por ello tus amigas te buscaban. Ese don terapéutico natural lo ofrecías con sinceridad y sencillez.

Padeciste muchas angustias con tus hijos, entre ellos dos accidentes. Recuerdo la vez que una vecina llegó a la casa y te dijo:

—A Solveig la atropelló un camión y está como muerta.

Saliste corriendo y cuando llegaste a la escena del accidente, ya se la habían llevado al hospital.

Solveig tomó prestada la bicicleta de Peyullo y, como este la perseguía, ella cruzó la calle sin fijarse que venía un camión y se produjo el accidente. Permaneció en coma un día y cuando volvió en sí te pidió que encendieras la luz, no veía. Elevaste tu mirada a lo alto en una tranquila apelación a la misericordia divina. Mi hermana volvió a desmayarse. Todo ese tiempo la pasaste a su lado rezando para que recobrara el conocimiento y que el accidente no tuviera graves consecuencias. Horas después abrió los ojos y observó al médico sentado a tu lado. Le preguntaste si te veía. Ella no contestó y preguntó dónde estaba. Dijiste que, en el hospital, y le contaste del accidente. Insististe en preguntarle si veía y te respondió que perfectamente. El médico le hizo un nuevo reconocimiento y expresó que estaba evolucionando mejor de lo que se esperaba.

Él temía secuelas por el estado de coma prolongado. Pero no fue así, la fe logra lo que la Medicina no puede explicar. Ella salió a los pocos días y sus lesiones no fueron permanentes. Años despúes, un vehículo atropelló a Peyullo y le tuvieron que coser veinticinco puntos en una pierna, dejándole una cicatriz que todavía conserva.

La enfermedad de Edna te sumió en una profunda tristeza, la depresión le provocaba insomnio e inapetencia. Recuerdo las noches que pasabas a su lado hasta que ella se durmiera. Velaste el sueño de cada hijo enfermo. En una ocasión Peyullo tuvo fiebre y se pasó parte de la noche despierto sudando y tú a su lado, cambiándole el suéter.

Madre, eras severa cuando nos enfermábamos por descuido. En ocasiones me fugaba para jugar con mis hermanos y en la noche tosía. Ellos te llamaban y decían que yo estaba tosiendo porque había jugado sin permiso. Primero me dabas la medicina para la tos, pero a esa hora de la madrugada nadie me salvaba del regaño. Me quedaba días sin hablarle a aquel de mis hermanos que me acusó.

A pesar de la situación económica imperante, mi padre y tú tomaron la decisión de que los primeros años te quedaras en casa cuidando a tus hijos. Él era vendedor, negociaba con los mejores almacenes, ropa y telas que importaba de los Estados Unidos. Era persuasivo y lo afirmaba, diciendo: «Déjenme hablar cinco minutos y seré dueño del mundo». En ocasiones le llegaban cheques de miles de dólares. Era hípico y con ese dinero compraba caballos de carreras. Afirmabas que esa fue la causa de su ruina. Todas las fotografías que mi papá tenía de esa época, las destruiste, incluso aquella en la que él salía con el presidente Remón Cantera recibiendo la copa del clásico presidente que ganó uno de sus caballos. Reiterabas una y otra vez que, si mi padre hubiera ahorrado, hubiese tenido mucho dinero. En una ocasión compró un caballo por nueve mil dólares, y el animal cayó muerto después de la primera carrera en la que participó. Ese día mi padre te prometió que dejaría esa actividad para siempre.

La situación se hizo insostenible. Mi padre no tenía trabajo y tuvo que vender su carro. Cuando salía a visitar a los pocos clientes que conservaba, sin dinero suficiente para el transporte, muchos de los amigos que él llevó en su carro, le decían adiós sin detenerse a preguntarle para dónde iba. Cerca del mediodía, exhausto, frustrado, regresaba a casa y te contaba el desconsuelo que esa situación le provocaba.

La tía Augusta Tapia viajó a Panamá para asistir a una cita médica. En la tarde visitó nuestra casa, y cuando mi padre le contó las dificultades que atravesaba la familia, ella le sugirió que se mudaran a Chitré. Después de analizar los beneficios y las desventajas, decidieron hacerlo; llegaron a la conclusión de que sería más fácil campear la precaria situación económica en un sitio donde el alquiler de las casas y hasta la comida eran más económicos. Una de las razones que te impulsó a mudarte a Chitré fue alejar a mi padre del hipódromo y de las apuestas.

Para la mudanza elegiste el 31 de enero de 1951, natalicio de don Bosco, como fecha simbólica. Ese día la familia Tapia Rodríguez llegó a Chitré. Mi padre viajó con Juan Carlos y con Peyullo en el camión que contrató para transportar los muebles. Tú lo hiciste en una chiva de pasajeros con tus cuatro hijas. Como mi padre todavía no había alquilado casa, nos hospedamos donde Augusta Tapia. Él era el rey del optimismo, tú la reina de la preocupación. Él pensaba que en un día encontraría a dónde mudarse y tú que te quedarías semanas en la casa ajena.

El viaje fue toda una aventura. Los niños por suerte viven el aquí y el ahora, para ellos no existen los problemas. Todos disfrutábamos del viaje. Sin embargo, las más asombradas éramos las pequeñas, apenas teníamos tres años. Marisela cantaba y entretenía a los pasajeros, yo miraba el entorno: la espléndida vegetación de aquel entonces, los enormes potreros de pastos inagotables, los árboles tupidos de verdor. Disfrutaba la fragancia de las flores silvestres y observaba con mucha atención a los animales, solo conocía al perro y al loro, ya que en nuestra casa hubo perros y en una ocasión tuvimos un loro. En esos tiempos, el viaje por vía terrestre demoraba alrededor de siete horas. Como a la mitad del camino, el carro se detuvo para que descansáramos. En uno de los potreros, un raro animal despertó mi curiosidad infantil. Lo señalé y te pregunté qué era.

—Una vaca, ellas son las que dan la leche que tomamos todos los días.

No salía de mi sorpresa. Sonreíste y preguntaste.

—¿Te gustan las vacas?

—Sí, me gustan, pero, ¿puedo preguntar algo? ¿Por qué las vacas no usan pantis? Los viajeros soltaron carcajadas escandalosas, me disgustó mucho que, en vez de responder, se rieran. Fuiste tú la que me explicaste.

—Los animales no tienen que vestirse como las personas. Recuerda que el perro no usa ropa.

Asentí con un movimiento de cabeza.

Cuando llegamos a la casa de tía Augusta, ya mi padre conversaba con su prima. Saludaste y enseguida le preguntaste a Augusta si había efectuado la diligencia de buscar una casa para alquilarla.

—Sí, Rosa, les avisé a varias amistades, no te preocupes, aunque no hay mucho espacio, después de que se cierran las puertas todo es cama.

Estabas preocupada; ocho personas en casa ajena era un desastre. De repente, recordaste que escogiste el día de don Bosco para que el santo te ayudara. Le pediste a mi padre que te buscara las maletas.

—Olvídate de las maletas, están debajo de los muebles. Ya le dije a Augusta que te preste un vestido.

Te cambiaste, pero Augusta era por lo menos dos tallas más que tú y de estatura más baja. Te sentiste como un mamarracho, pero no te importó y en esa facha fuiste a la iglesia. Te arrodillaste frente a la imagen del santo.

—Don Bosco, tú que estás cerca de Jesús y del Padre, intercede para que encuentre una casa, aunque sea modesta, haz que me pueda mudar cuanto antes.

Augusta está fascinada con sus sobrinos, pero no quiero dar molestias. Confío en ti.

Cuando llegaste a la casa de Augusta, un señor conversaba con mi padre. Le dijo que él tenía un apartamento desocupado, que si deseaban verlo. Respondiste.

—Lo alquilamos, y mañana nos mudamos.

Augusta, asombrada, te preguntó si no te sentías bien recibida, pues alquilabas un apartamento sin verlo. Le dijiste que no era eso, pero recapacitaste y esa misma tarde fuiste a ver el apartamento. Al día siguiente nos mudamos.

Raquel Cohen, que trabajaba en el Ministerio de Educación, te consiguió trabajo como maestra en la escuela Tomás Herrera número 2; después le asignaron el nombre de escuela Hipólito Pérez Tello.

Madre, recuerdo las famosas tunas donde participaban los colegios. Tú, en primera fila, al lado de Rebeca Franco, dos bellas mujeres cantando la tonada «Hipólito Pérez es la que vale». Era la mejor tuna y en gran medida se debía a la alegría que ustedes le infundían. Los niños detrás de ustedes montados en caballitos de palo: era todo un espectáculo.

Las maestras de la escuela Hipólito Pérez Tello te querían y admiraban mucho. Cada vez que la escuela hacía un acto cultural, te elegían como maestra de ceremonias. Incluso en las fiestas de fin de año, donde todas las maestras participaban actuando en parodias o cantando las melodías de moda. En una ocasión presentaste a la maestra Tilde, quien interpretaría una canción de Olga Gillot.

—Con ustedes: «El Monstruo de la Canción»: Olga Guillot.

—Me tai insultando —dijo Tilde, enfurecida.

Tuviste que explicarle que «monstruo» era una denominación para los mejores artistas.

Madre, te adaptaste a Chitré de inmediato e hiciste buenas amistades desde que llegamos. Recuerdo que en la celebración del cumpleaños de la maestra Cruza, pasaste toda la tarde practicando en la guitarra la canción que interpretaría Marisela, yo solo debía cantar el coro, pero estaba enojada. Marisela se aprendió la letra de la canción, a pesar de ser tan pequeña. Nos vistieron igual, trajecito rosado, sandalias y bincha doradas. El contraste era evidente, ella trigueña, yo rubia, Marisela risueña, yo disgustada, ella divertida, yo amargada. No me gustaba cantar en público, solo en casa contigo. En el momento que nos presentaron, mi rostro reflejaba indignación: la boca hacia afuera; «trompuda», como decía mi papá y, a pesar de que el coro era breve, no lo recordaba. Comenzaste a tocar la canción con la guitarra y Marisela cantó:

Yo siento en el alma
tener que decirte
que mi amor se extingue
como una pavesa
y poquito a poco
se queda sin luz

Yo sé que te mueres
cual pálido cirio
y sé que me quieres
que soy tu delirio
y que en esta vida
he sido tu cruz

A mí solo me tocaba decir: «Ay, amor, ya no me quieras tanto. Ay, amor, no sufras más por mí». Pero estaba enojada; Marisela cantó parte del coro: «Ay, amor, ya no me quieras tanto», e hizo una pausa para que yo siguiera. Me indicaste que concluyera el coro. Entonces canté. «Pipí, pipí».

Cuando deseaba orinar decía «quiero hacer pipí», pero mis tías me regañaban y decían que esa era una palabra sucia.

La más divertida fue la maestra Cruza, quien se tiró en un sofá y se río a carcajadas por varios minutos. Mi mamá y mi papá tampoco pudieron contener la risa. Dicen que yo estaba seria, pues no sabía de qué se reían. Después del incidente, Marisela la cantó sola. Cada vez que una persona hipócrita te decía que te quería, contestabas: «No me quieras tanto, pipí».

Hablemos de tus compañeros maestros Cruza de Caicedo, Maña de Solís, Nena Punga, Alicia de Ramírez, Margarita Alicia Ríos, Delia Trelles, Rebeca Franco, quien fue tu compañera en La Normal de Institutoras. También recuerdo a la maestra Nidia de Cedeño, era joven y cuando llegó a la escuela Hipólito Pérez Tello te solicitó orientación, la adoptaste de inmediato y fue para ti como una hija.

Otras de tus amigas más cercanas eran Cuchi y Aurita Ducreaux, recuerdo que la hija de Aurita, Nonina, te la llevaban de bebé a la casa y le enseñaste a hablar en pocos meses. Ella le decía a su mamá: «Vamos pa'donde Rosa Tapia».

No puedo dejar de mencionar a Esy y Oni Solís, a los maestros Cunán y Dagoberto Ulloa, quienes te aconsejaban que no te excedieras en tu trabajo, que descansaras. También las hermanas Isabel y Tilde. Los directores de la escuela: Rutilio Sandoval, Alicia Burgos, Emérita de Espitía, Pily de Collado y Santi Solís. Fueron tus compañeras y amigas, te defendieron cada vez que alguien abusaba de tu bondad. Alicia de Ramírez te llevaba a la escuela y la esperabas en la casa de las hermanas Esy y Oni.

Alicia no había podido tener hijos y en la boda de Marisela le pediste a San Carlos que ella quedara embarazada. Dos meses después se hizo el milagro y Alicia le puso Carla a su hija en honor al santo. Varias veces pediste por personas que no podían concebir y tuvieron los hijos que deseaban.

CAPÍTULO 4

Solo participabas en las huelgas gremiales cuando estas eran justificadas. Sin importarte la presión de los huelguistas. Analizabas la situación y si estabas en desacuerdo, asistías a clases, aunque fueras la única que lo hiciera, aunque te dijeran rompehuelgas, aunque te llamaran traidora, aunque te practicaran la ley del hielo. Eras fiel a tus principios y, a pesar de que te doliera ese comportamiento, los ignorabas.

Cuando la situación se resolvía y te volvían a hablar, perdonabas las ofensas, sin reproches ni resentimientos.

Una de las maestras en una ocasión te dijo:

—Cuando participas, alcanzamos nuestro objetivo, nos das suerte. Cuando no lo haces, fracasamos.

—No se trata de que les dé suerte. Reflexiona; eso indica que cuando participo es porque nuestras demandas son razonables.

La compañera se retiró sin pronunciar una sola palabra. Las demás maestras que escuchaban, se fueron retirando en silencio.

Mi padre trabajó varios años como notario hasta que fue destituido por motivos políticos porque tú participaste en una manifestación reivindicadora de tu gremio. Después de meses sin conseguir empleo, decidió volver a Panamá con su hijo mayor, Juan Carlos. Desde el año 1954 viviste sola con tus hijos en Chitré. Nunca olvidaré el día que mi padre se mudó para Panamá con nuestro hermano. Él se acercó para despedirse, me besó en la mejilla y sentí su rostro empapado; lo miré, tenía los ojos llenos de lágrimas, la nariz enrojecida y la boca cerrada con fuerza. Nunca antes lo había visto llorar. Juan Carlos también estaba triste por separarse de sus hermanos y de su madre, lo que le afectaba su estado de ánimo.

Madre, tú demostrabas fortaleza, siempre fuiste el pilar que sostuvo a la familia. No obstante, cuando se fueron, observé tus ojos enrojecidos que eclipsaban la sonrisa con la que deseabas demostrar que esa era la mejor decisión. Te preguntamos por qué razón no nos mudábamos todos y respondiste que tenías un puesto de trabajo fijo y que no deseabas condenar a nuestra familia a la incertidumbre de no tener un sustento por modesto que este fuera.

Te quedaste en Chitré con tus cinco hijos restantes; mudarte para Panamá implicaba cero ingresos y no deseabas emprender esa aventura. En cierta forma, te enamoraste de Chitré, lugar que te acogió en una situación de crisis. Años después, uno a uno, todos tus hijos se mudaron para la capital, solo nos quedamos Raúl y yo. Chitré estuvo en tu corazón y en el de la familia, porque gracias a su acogida fraterna y solidaria, nos pudimos realizar en la esfera humanística y profesional.

Mi padre viajaba cuatro veces al año a vernos. Extrañabas a tu esposo y a tu hijo mayor. Sin embargo, aprendiste a ser feliz con tus otros hijos. Recuerdo una anécdota de la maestra Dorita de Quintana que en una ocasión dijo que ella no podía comer hasta que su esposo, Orestes, llegara y la acompañara. Sonriente le respondiste.

—Por suerte yo no soy así, porque me hubiera muerto de hambre.

Nos enseñaste que se puede ser feliz, aunque estemos solas, porque la felicidad no debe estar supeditada a otra persona. Siempre decías: «Una mujer realizada, aunque esté sola, puede ser feliz, aunque no tenga dinero, será feliz, aunque esté enferma, será feliz, porque la felicidad no depende de factores circunstanciales, sino de la paz interior».

Madre, en ocasiones analizaba si tenías algún defecto. Después de reflexionar me daba cuenta de que algunas veces dejabas que algunas personas abusaran de tu bondad. Una compañera te pedía dinero y nunca te lo pagaba. Te preguntaba por qué le seguías prestando y me contestabas.

—Porque ella lo necesita.

Entonces insistía.

—Tú también lo necesitas, ¿por qué lo haces?

—Solo le presto la cantidad que puedo regalar.

Ese fue uno de tus consejos: «Cuando un amigo te pida dinero, solo préstale la cantidad que puedas regalar, nunca le cobres; así, si no te paga y tiene vergüenza, no te volverá a pedir. Si le prestas más de lo que puedes regalar, perderás el amigo y el dinero».

La situación económica durante esos primeros años en Chitré era apremiante. Mi padre, como vendedor, no tenía un sueldo fijo, y cuando la economía del país bajaba, el dinero no le alcanzaba para enviarle a su familia, por lo que tenías que sostenernos con tu ínfimo salario de maestra. Sin embargo, nunca nos acostamos sin comer. Buscabas alimentos nutritivos, baratos. En ese tiempo los vegetales eran la opción más económica, por su bajo costo; sin embargo, a mi hermana Edna no le gustaba la ensalada de lechuga o berro con tomate, y se negaba a comerla; debías obligarla, afirmando que en caso de que no tuviese otra opción, se arrastraría en busca de la ensalada. Desde ese día Edna le cambió el nombre al plato, lo denominó «ensalada arrastrada».

Cuando Juan Carlos pasaba en la casa, en los veranos, y veía la ensalada de berro en la mesa, decía: «Pásame la ensalada de culantro». Te enojabas y afirmabas que los vecinos no debían enterarse de lo que comíamos, y que no era culantro, sino berro, a lo que él respondía, con característico buen humor: «No te disgustes, Elizabeth Taylor».

A Juan Carlos, sus hermanos y las personas de Chitré lo apodamos «Johnny». Él era el organizador de nuestros juegos vespertinos y cuando mi madre y mi padre salían para el cine, comenzaba la función. Desde boxeo, lucha libre hasta eventos culturales. Él ideó una emisora imaginaria: «Radio monumental», con su respectivo saludo de iniciación: «Radio monumental; hola, amigos, ¿qué tal?». El programa se denominaba «Síguela si puedes», consistía en escuchar una melodía que él interpretaba en su armónica y los participantes debíamos cantarla. Buenas horas de diversión nos produjo aquel invento del precoz radiodifusor.

Madre, fuiste una excelente vecina. Recuerdo a Cloty, a sus hijas, Judith, Zaida y Gloria. Cuando visitabas a Cloty, ella decía: «Visita de huevo», se refería a visita importante. Anselma, otra de tus vecinas, te pedía prestado el reloj despertador y, aunque solo tenías uno, se lo ofrecías con cariño. Ella le llamaba «el caballo», por lo que decía; «Présteme el caballo», haciendo alusión a la alarma, que era como un sonoro relincho en la madrugada. En cierta ocasión mandó a buscar el reloj con un chico analfabeto que la ayudaba en los oficios domésticos; el joven no entendió el mensaje y te dijo: «Présteme la yegua».

Otras de tus vecinas, Otilia, todas las semanas hacía una rifa de un platón con comida, le comprabas el número 86. Ella iba a la casa a escuchar la lotería y cuando la tercera cifra era el 8, comenzaba a «halar» el 6. Recuerdo que le decías; «Si sale el número, te regalo la mercancía»; Otilia contestaba: «Que salga el 6 para que me quede para la rifa de la otra semana». Lo que más nos asombraba era que salía el 86 y todos contentos, porque tenías comprados tus chances y billetes de la lotería. Cuando ganabas, siempre repartías más de la mitad.

La casa que con más cariño recuerdo, en la cual pasamos gran parte de nuestra niñez: era pequeña, humilde, con dos habitaciones, pero hay que pensar que en aquella época todas las casas eran así, aunque comparadas con las de hoy resultan mucho más amplias. La recámara principal estaba asignada a mis padres, y en la otra nos acomodábamos los seis hijos, cinco camas junto a la mía, todas iguales, de madera rústica. En aquel tiempo los muebles eran casi artesanales, hechos por los carpinteros del pueblo. La cama más cercana a la mía era la de mi hermano Peyullo, él era un par de años mayor. Al otro lado, la de mi hermana melliza, Marisela; junto a la de ella, las de Edna, Solveig y Juan Carlos. En el centro de la casa, un pasillo conducía a la sala y el otro a un patio amplio y lleno de árboles frutales.

Aida Castro, también fue tu amiga y vecina de muchos años. Era como una hermana para ti. Cuando mi padre nos trajo la primera televisión, muy pocos tenían una en Chitré. Esa misma noche invitaste a Aida y a partir de entonces todas las noches nos acompañaba. Ella fue para todos nosotros como una segunda madre; sus hijas: Menchi, Nuny y Markela, como nuestras hermanas.

Chayo de Solís también fue una de tus mejores amigas, propietaria del Hotel y Cafetería Aurora. Todos los sábados, después de salir del cine, mi padre nos llevaba a la «refresquería», como se les llamaba a las cafeterías en ese entonces. La atención de Chayo era personalizada, muchas veces se sentó en nuestra mesa a conversar. Chayo y su esposo, Tuto, trabajaron con empeño para educar a sus tres hijos: Galito, Denis y Dalys, en el extranjero. Marisela y yo la visitábamos todos los días, era una manera de entretenimiento sano. Dar unas vueltas por el parque y después tomarnos un refresco en su compañía. En una ocasión nos preguntaste si ella nos permitía bailar en la refresquería, celebramos tu ocurrencia.

Denis, hija de Chayo, era amiga y compañera de colegio de Edna y visitaba nuestra casa para jugar *jacks*. Cuando llegué a Panamá, por un giro del destino, me encontré con Chayo, Denis y Dalys y reanudamos nuestra amistad.

En una ocasión, una amiga te preguntó cuál era tu secreto para conservar la juventud y verte bien, respondiste.

—Rodéate de los que te aman: familia, amigos, mascota, plantas. Aprecia tu salud, si es buena consérvala, si es inestable mejórala y si es mala busca ayuda. Diles a tus seres queridos que los amas en cada oportunidad que tengas. No te deprimas. La verdadera cárcel no está hecha de barrotes, sino la que construyes con recuerdos tristes. Reemplázalos por pensamientos de felicidad y no te aflijas.

A principio de los sesenta, cuando todavía el uso de las estufas de gas no era lo corriente, compraste una que gasificaba el querosene. A mi papá no le convenció esa compra, pero las decisiones del hogar las tomabas tú. Recuerdo sus palabras: «Si Rosa dice que sí es sí; si dice que no, ni me pregunten».

Una madrugada, mientras dormíamos, uno de mis hermanos, no recuerdo si Edna o Peyullo, nos despertó gritando: «¡Fuego, fuego!». Te habías levantado a hacer el desayuno y la estufa estalló en llamas. Intentabas apagar el fuego, con un platón con agua, sin lograrlo. Llamé a los bomberos y Peyullo tuvo que sacarte casi a rastras de la cocina. Afirmabas que no podías permitir que la casa se quemara, aunque fuera alquilada, eras responsable. Estabas dispuesta a arriesgar tu vida por conservar el inmueble. Así eras tú. Por suerte, la casa no se afectó, pero quedaste tan impresionada que ese mismo día botaste a la basura la prodigiosa estufa.

Muchas veces no tenías para comprarnos los libros, Solveig y Peyullo los conseguían en el bienestar estudiantil, pero yo ideé una forma más fácil. Les explicaba las clases a mis compañeros y les pedía que me prestaran los libros para hacerlo. Creo que a eso se debe mi capacidad de enseñar lo que sé, ejercí esa tarea desde temprana edad. Por otra parte, me satisfacía saber que a un compañero que le explicaba mejoraba su desempeño y sus calificaciones.

Ahorrabas hasta el último centavo; te pasaste siete años sin viajar a Panamá, afirmabas que ese dinero lo guardabas para gastos de contingencia. La peor de tus preocupaciones era cuando uno de tus hijos enfermaba y no tenías dinero para llevarlo al médico. En ocasiones le pediste dinero prestado a tu amiga Ana y desde que te llegaba el cheque se lo pagabas.

En Chitré, tenías la ventaja de tener a mis tías: Elena y Augusta cerca, también, a tus sobrinos, los hijos de

Elena: Quillito, Bruni, Irma y Leyda, pues los demás vivían en Panamá. Tus otros sobrinos, hijos de José: Roland e Isolda te visitaban con mucha frecuencia. Cada vez que venían a Parita, viajaban a Chitré para saludarte y conversar contigo. Alan, el hijo de Cecilia, también lo hacía; Ilka, su otra hija, se casó con un norteamericano y se fue a vivir a los Estados Unidos.

Los hijos de Augusta: Tito, Nato y Nel, eran tus sobrinos políticos, pero ellos te trataban con el mismo cariño que a mi padre. A medida que tus sobrinos se fueron casando, sus respectivas parejas se unieron a la gran familia que ya éramos. Eran otros tiempos, ahora nos hemos reducido a la familia nuclear: padre, madre e hijos, razón por la cual han aumentado los problemas sociales, causados por la desintegración familiar.

José, Felicidad y Anita te visitaban todos los veranos. De todas tus hermanas, Cecilia era la que más se parecía a ti. En ocasiones hasta las confundían. Ella también te visitaba los veranos que no viajaba al exterior. Nunca hicimos diferencia entre nuestras tías, puesto que, a Lilia, la esposa de tío José, la queríamos igual. Tengo un bello recuerdo de cada uno de mis tíos.

Elena te visitaba todos los domingos después de asistir a misa y tú lo hacías los sábados. Durante el verano, tu hermano José y Lilia se mudaban para Parita, a la finca de Inés Porcel, hermana de Lilia. Las tías Feli y Anita se pasaban el verano en casa de Elena y los fines de semana toda la familia se reunía en la finca de tía Inés. Esos paseos eran divertidos, los hijos de José, de Elena y los tuyos reunidos en un solo lugar.

A pesar de que pocas veces me dejabas bañarme en el río, disfrutaba el paseo, pero no me perdías de vista para que no me escapara. En una ocasión me dejaste ir al río y mis hermanos me pasearon en una canoa. La corriente del río se la llevó para la parte más honda. Peyullo la volteó y tú, que estabas en la orilla vigilante, escuchaste mis gritos. Mi hermano se apresuró a sacarme a la orilla. Estabas furiosa y lo reprendiste.

—Te salvas de que no te dé una tunda porque tus tías no me lo permitirían, pero te sales de inmediato del río.

Tío José insistía en que esos eran juegos de chiquillos, pero sus comentarios no disminuyeron tu disgusto. A mí también me tocó parte del regaño.

—¿Para qué te montaste en la canoa?

—Quería pasear, porque nunca antes lo había hecho.

—No volverás a hacerlo, recuerda que no sabes nadar.

Durante el tiempo que estaba en Parita, cada media hora me preguntabas, que si tenía fiebre, cuando mi respuesta no te satisfacía, posabas tu mano sobre mi frente. Mi tío José me molestaba y cada vez que me veía, se acercaba.

—¿Tienes fiebre? —decía, mientras te miraba, sonriendo.

Recuerdo que en una ocasión la maestra Isabelita te preguntó a cuál de tus hijos querías más. Reflexionaste unos minutos y respondiste: «Al que está enfermo, hasta que se cure, al que está lejos, hasta que regrese». He tenido una salud frágil y mis hermanos se ponían celosos del cuidado que me dabas e, incluso, de la alimentación especial. También nos poníamos celosos de tu preferencia por Juan Carlos cuando pasaba las vacaciones con nosotros; él estudiaba en el Instituto Nacional. Además, siempre ha tenido buen humor y cuando lo ibas a castigar te llamaba «Kim Novak», o el nombre de la artista de moda. Recuerdo que cuando a Peyullo lo nombraron en Panamá y se mudó para la capital, se convirtió en tu hijo preferido. Me tocó a mí ponerme celosa y te decía: «Llegó tu bebé de 240 libras». Comprabas galletas de higos, sus favoritas, y no me dejabas ni tocar la cajeta antes de que él la abriera.

Cuando tu hija mayor se enfermó de depresión, le prodigaste cuidados especiales y sufriste con cada una de sus recaídas. Cuando la hospitalizaban, debido a su deterioro físico y mental, te angustiabas porque ella se negaba a comer. Recuerdo que decías que si una persona no come no hay manera de que se recupere, por más medicinas que tome.

En el año 1965, cuando por equivocación mataron al novio de Marisela, sufriste con tu hija esa tragedia. Era lunes de Carnaval y Marcos le prometió a Marisela llegar a las 7 de la noche a Chitré; él vivía en Aguadulce. La llamó como a las seis de la tarde para decirle que el automóvil no le arrancaba y que iría al día siguiente. Se fue a tomar unos tragos con unos amigos y su agresor lo confundió con un enemigo por la camisa que vestía. Lo apuñaló en el costado derecho, perforándole el hígado. Entró a cirugía y, mientras lo operaban, sus familiares llamaron a Chitré para dar la noticia. Marisela lloraba sin consuelo. Mi padre le prometió que, al día siguiente, temprano, irían a Aguadulce a visitarlo en el hospital.

Marisela no durmió en toda la noche, tú y yo la acompañamos despiertas; como a la una de la madrugada, mi hermana dijo que en la esquina de la recámara estaba Marcos. Te llamé aparte y te dije que estaba segura de que él agonizaba y que había ido a despedirse de su novia. Me regañaste y dijiste que no se me ocurriera decirle eso a ella. Llamé al hospital; me comunicaron con el médico, quien expresó que, a pesar de su juventud, Marcos no sobrevivió a la cirugía: acababa de fallecer.

Al día siguiente, Marisela, mi padre y tú se fueron al funeral y cuando regresaron ella estaba desconsolada. No había comido en todo el día y le preparaste una sopa. Fuiste a servirle y mi papá se quedó a su lado. Él tenía un carácter diferente, decía que la muerte era irremediable. Recuerdo que, consolando a Marisela, sorbía un raspado.

—Santiago, deja ese raspado.

—¿Y por qué?

—Tu hija está afectada por la tragedia y tú con ese raspado; y para colmo, rojo.

—¿Y qué quieres? ¿Qué le ponga luto al raspado?

Fuiste un gran apoyo para que Marisela superara esa terrible tragedia, ella solo tenía diecisiete años.

Cuando alguien nos pretendía, el físico para ti no era importante. Los clasificabas diciendo que era simpático, pasable, apenas pasable; pero cuando decías «para hombre no está mal», se trataba del monstruo de la laguna negra. Nunca decías que una mujer tenía mala conducta; no nos dejabas usar términos ofensivos y preferías los eufemismos. Al oírte decir que una mujer era «divertida», nos hacíamos la señal de la cruz.

CAPÍTULO 5

Fuiste formada por una madre italiana educada en una escuela de monjas y por un padre portugués del siglo XIX, el cual aplicaba a sus hijas medidas estrictas. Era un hogar ultraconservador y si a sus hijas las invitaban a una fiesta, el padre decía que era una falta de respeto. Transferiste las mismas medidas a tu hogar, sobre todo a tus hijas.

Mientras estuvimos en el colegio jamás fuimos a una verbena, afirmabas que a la escuela se iba a aprender y no a divertirse. Recuerdo que el día de mi graduación en 1966 solo bailé la mitad de una pieza porque me enviaste a buscar con Peyullo. Imponías medidas tan rigurosas que Marisela decía que nuestra casa era «el convento de las Carmelitas descalzas». Cuando Peyullo se divorció, intentaste imponerle esas mismas reglas. Lo esperabas sin dormir y cuando él llegaba tarde, estabas incómoda en una silla para exigirle que llegara más temprano. Un día yo estaba despierta y escuché la conversación.

—Mami, ¿por qué estás despierta?

—Te estaba esperando.

—No tienes que hacerlo, ya no soy un niño.

—Ahora que estás divorciado, debes comportarte.

—No pretendas controlarme a los cuarenta años.

No le respondiste, el silencio era tu castigo; te retiraste a tu recámara, pero nunca más lo esperaste.

Tu vida como maestra fue inspiración para la comunidad. En los tiempos que no había escuelas de rehabilitación especial, le dabas clases extras a los estudiantes de lento aprendizaje, sin cobrar un solo centavo. Como a las cinco de la tarde llegaban los niños y los dividías en grupos. Manifestabas que no se podía incluir a esos niños si no aprendían a leer, a escribir y a sacar cuentas. Nosotros, tus hijos, excelentes estudiantes, te ayudábamos a que los niños hicieran sus tareas; éramos una especie de supervisores. Esa colaboración creó una vena didáctica en todos tus hijos, aunque no estudiamos pedagogía, procuramos enseñar lo poco o mucho que sabíamos.

Recuerdo a algunos de tus estudiantes: Rafi, quien te llevaba dulces; Roberto, que era gordo, fuerte y les pegaba a los demás niños cuando lo molestaban. Nosotros también lo hacíamos y le decíamos «sapo eléctrico». En una ocasión me tomó por el cuello; Solveig y Peyullo trataron de liberarme, pero no lo lograron, recuerdo que le hiciste cosquillas y de inmediato me soltó. Me reprendiste con severidad y nunca más molesté a ninguno de tus estudiantes.

Campodónico no podía aprenderse los nombres de la escuela ni el tuyo, siempre los confundía. En una ocasión lo escuchamos decir por más de veinte veces que el nombre de la escuela era Rosa de Tapia y que el de su maestra era Hipólito Pérez Tello. Con la paciencia de una santa le hiciste repetir las respuestas hasta que las dijo correctamente. Asegurabas que quien no tiene paciencia, no debe dedicarse a la enseñanza.

Durante todos los años como educadora, le diste clases a los que no aprendían con la misma facilidad que sus compañeros sobresalientes. Afirmabas que cada niño tiene su propio ritmo de aprendizaje y que algunos necesitan más constancia del maestro. A diario destinabas dos horas para afianzarles los conocimientos. Después nos servías la cena y al terminar de comer, preparabas las clases del día siguiente. Recuerdo que no eras buena dibujando, y Solveig te ayudaba plasmando las imágenes en las cartulinas que con tus escasos recursos comprabas para que los estudiantes las observaran a medida que impartías las clases.

Recuerdo a Nina, quien con nueve años no sabía leer ni escribir, y le impartiste clases especiales. Finalmente, se graduó de sexto grado y luego asistió a un instituto profesional de comercio. En una ocasión Marisela fue al Seguro Social; Nina la atendió y le expresó que te recordaba con mucho cariño porque la sacaste de la ignorancia. La verdadera educación es la que te ayuda a obtener lo mejor de ti. Esa era la que impartías. También tuviste un estudiante mudo, pero descubriste que no escuchaba bien y por eso no había aprendido a hablar. Te acercabas y le hablabas en el oído. Al final de año, el niño hablaba de corrido y también aprendió a leer y a escribir. Algunas personas exageradas decían que hacías hablar a los mudos.

Dayan, uno de tus estudiantes más queridos, era un chico con secuelas de polio. Usaba unas pesadas prótesis de hierro. Cuando practicaban la evacuación de la escuela, como prevención de incendio, esperabas que los demás niños salieran y lo sacabas cargado en brazos. Él sonreía, diciendo que la maestra lo quería mucho.

Recuerdo a Cecilio, cuya madre había muerto meses atrás. En una ocasión le preguntaste por qué estaba triste; te contestó que extrañaba el abrazo que le daba su mamá cada vez que lo despertaba. Lo abrazaste y, a partir de ese día, lo recibías todas las mañanas con un abrazo y una sonrisa. Su expresión de nostalgia e indefensión desapareció en poco tiempo. Asegurabas que cuando una mujer es buena madre se siente madre de todos los niños huérfanos o abandonados. Tal vez esa actitud fue la que te hizo tan buena maestra, te sentías madre de tus alumnos.

Una mañana llegaste a la escuela un poco más temprano que de costumbre, tus alumnos llegaron uno a uno, el último fue Cecilio; observaste que se cubría las manos con una toalla.

—Cecilio, ¿por qué escondes las manos?

El chico no respondió y comenzó a llorar.

—Tranquilo, no te estoy regañando. Solo quiero saber qué te pasó.

Como el niño permanecía en silencio, te acercaste y le retiraste la toalla. El niño tenía ambas manos quemadas. Lo llevaste donde la maestra de Educación para el Hogar, para que lo curara y luego, el niño te contó el incidente.

—Maestra, la señora María me quemó con la plancha porque yo no limpié el patio, pues estaba haciendo la tarea.

En presencia del niño no dijiste nada, pero presentaste el caso a la dirección. Enseguida le avisaste a tu hijo Peyullo y él localizó a su amigo Winston, abogado e hijo de la maestra Rebeca Franco. Por seguridad del niño no lo dejaron regresar a la casa. Estabas tan disgustada que ni siquiera le avisaste a María. Al día siguiente la mujer fue a la escuela para preguntar por el paradero del niño, pensaba que se había regresado al campo con sus familiares. Un tío de Cecilio se lo había encomendado para que le permitiera ir a la escuela. La mujer, disgustada, quería obligar a Cecilio a que se fuera con ella, pero el niño se resistía. Como una leona en defensa de los más débiles, le dijiste que mejor se retirara en silencio porque corría el riesgo de ser detenida por las autoridades por maltrato a un menor.

Cecilio ya estaba terminando el año escolar y entre el alcalde de Chitré, Winston y Peyullo, fue tramitada su admisión en el programa de la Ciudad del Niño. Cuando se presentó el expediente del niño maltratado, fue aceptado de inmediato. Al terminar la secundaria y una carrera técnica, consiguió trabajo y se independizó. Años después se casó y tuvo dos niños. Cada verano te visitaba y en una ocasión te llevó a su familia para que la conocieras.

Madre, hiciste de tu profesión un apostolado, la disfrutabas y tu sentido del humor te hacía más llevadera esa ardua tarea. Tu enseñanza era integral, les mostrabas a las niñas cómo sentarse y hablar correctamente, a modular la voz, a desplazarse con elegancia. Uno de los niños quiso copiar el estilo de las niñas y le indicaste que caminara como hombre, explicándole la diferencia entre una dama y un caballero.

Dos veces a la semana impartías clases de lectura en voz alta. Unos de los niños que se sentaba en la última banca, tuvo tres maestras diferentes en primer grado y no conseguía pasar al segundo nivel. La maestra anterior te contó que a pesar de llevar tres años en la escuela no sabía leer. Decidiste evaluarlo y le pediste que leyera una oración del libro. Se observaba la imagen de una mandíbula y el texto decía: «¿Dónde tenéis esa mandíbula?» El niño tomó el libro y al ver la imagen leyó: «¿Dónde tenéis esa colmilla?». Los demás niños se burlaron y los reprendiste. Le pediste que continuara la lectura. En la siguiente página se apreciaba la imagen de una fiesta. Decía: «Vamos a la fiesta». El niño leyó: «Vamos al *bastizo*». Te empeñaste en lograr que mejorara, sin importar el esfuerzo que debieses invertir.

Otro de los estudiantes se saltaba las palabras; al mandarlo a leer una oración del libro *A jugar y a gozar* que decía: «Pepín tiene un gato llamado Mota». El niño leyó: «Pepín tiene mota». Esa vez hasta tú te reíste.

La maestra Beatriz Rodríguez impartía la clase de religión a tus alumnos. Ese día ella les explicó la Creación. Observaste inquieta que lo hacía con términos incomprensibles para niños de primer grado. Les habló del Génesis.

—En el principio creó Dios, los cielos y la tierra, quiso dividir el ciclo de rotación de la tierra, en día y noche, para ordenarla. Sin esfuerzo, alejó a las tinieblas y las llamó noche. Un instante después, hizo la luz, a la que llamó día. Después de crear el cielo y el mar, Dios creó las plantas, ya que estas eran esenciales para la vida en el ciclo del oxígeno, separaban el agua de la tierra, además vestían de distintos colores al planeta. Después Dios observó que cuando se hacía el día era oscuro y la noche también se cubría de sombras. Creó el sol para el día y la luna para la noche. Después que creó a los seres acuáticos y voladores, pensó en crear animales terrestres. Con gran orgullo y como culminación de su magna obra, creó al hombre. Al ver que él se sentía solo, decidió sacarle una costilla para crear a la mujer.

Al terminar su exposición, la maestra Beatriz le preguntó a Morales, uno de los niños que se sentaba en las últimas bancas, qué opinión tenía de Dios. El niño se levantó despacio, pensativo, se apoyó los brazos sobre la cadera para subirse los pantalones que se le bajaban de la cintura y respondió.

—Maestra, ¡Dios si es *berraquería*!

En los pueblos de Azuero se usa ese término para expresar gran habilidad y capacidades extraordinarias de una persona. Sonriendo, le dijiste a la maestra Beatriz.

—Debes ponerle cinco, la conclusión es acertada.

Como nos portábamos mal en la escuela, preferías evitar problemas con tus compañeros educadores y anotarnos en tu salón de clases. Cuando Marisela y yo estuvimos en kínder, nos expulsaron por mala conducta. La directora Suaya de Castro te citó a su oficina. Llegaste unos minutos antes y te hicieron pasar de inmediato.

—Rosa, lamento mucho expulsar a las mellizas, perdona, pero son como una explosión. No aceptan la autoridad. Si alguien les pega, devuelven el golpe. No puedo con ellas.

Permaneciste en silencio por varios segundos, te levantaste y dijiste;

—No entiendo como personas preparadas para tratar con todo tipo de niños, no puedan controlarlas. Te quejas de que se defiendan, pero no evitas que las agredan. Me llevo a mis hijas, yo les enseñaré lo que tengan que aprender.

La directora del kínder se levantó para despedirte y le dijiste que conocías el camino.

Tenías estudiantes sobresalientes, recuerdo algunos: Amparo Márquez, Mari Castillo, Julito García, Nicky y Moncho Collado, los mellizos Elio y Elioe Burgos, Mariquita Bernal, Nenita Alonso, Adelita Ortega. Tus hijos fuimos tus alumnos, pero a nosotros nos bajabas las notas para que no ocupáramos los primeros puestos, evitando así que pensaran que tenías preferencias y favoritismos. Cuando te reclamábamos la disminución de las calificaciones, afirmabas que la nota no significa nada.

—Aprendan, que eso es lo que les servirá en el futuro.

Eras exigente con la disciplina, no solo en tu hogar sino en la escuela. Recuerdo que cuando tenía nueve años, uno de los «maleantes» de la escuela me acosaba, burlándose porque me pusiste el hábito de la Virgen del Carmen como manda para que me curara el asma. El revoltoso me desafío a pelear y lo enfrenté. En medio del patio de la escuela, a la hora del recreo, se desató la contienda, él tenía una navaja y me tiraba zarpazos, yo los esquivaba con el peto del hábito de la Virgen. El agresor decía una y otra vez: «A este padre lo corto». Se burlaba y decía que el hábito se parecía a la sotana del sacerdote de la parroquia.

Cuando te acercaste a vigilar a tus estudiantes, escuchaste los gritos de la pelea y decidiste rescatar al más débil, quien resultó ser tu hija. Al observar la navaja del agresor, caíste inconsciente. De inmediato, se acabó la pelea. El estudiante fue expulsado y a mí nadie me salvó del castigo. Por la tarde, mi papá me preguntó.

—¿Por qué saliste a pelear, si ese maleante estaba armado con una navaja?

—Porque me desafió.

—¡No tienes carne para una empanada y te atreves a enfrentarte a un delincuente armado! —sentenció mi padre, enojado. Pero enseguida se fue hacia el patio de la casa para que no viera que se estaba riendo.

El tiempo de la manda ya casi estaba terminando, pero como no respeté el hábito de la Virgen del Carmen, extendiste el periodo a dos meses más. En diciembre sería mi primera comunión y pretendías que la hiciera con el hábito. El padre Arenaza Sáenz se opuso y te dijo que me compraras un vestido igual a mi hermana melliza, Marisela. Así lo hiciste y yo me sentí feliz, liberada.

A partir del incidente de la navaja, ningún otro compañero me acosó y gané cierto respeto en el grupo. Pensaban que si era capaz de enfrentar al peor de los maleantes armado con una navaja, ellos saldrían mal librados de una confrontación. Pasaron muchos años y seguías recordando el incidente como uno de los sustos más grandes de tu vida.

Recuerdo con especial cariño a una de tus alumnas sobresalientes: Amparo Márquez, tú y mi padre la querían como a una hija. Le enseñaste a leer y a escribir y mi papá a cocinar. Mi padre era un cocinero excepcional. Cuando ensayabas las veladas de la escuela, era ella quien te asistía, siempre demostró inclinación artística, que tú potenciaste. Yo sentía celos porque alardeaba de la forma especial en que la tratabas y tuvimos varias peleas, hasta que de manera inteligente se ganó mi cariño.

Olguita Tapia fue como otra hija para ti y conversaban a diario. Cuando ella estudiaba la carrera de derecho en Panamá y llegaba a Chitré, eras la persona a la que primero visitaba.

Cuando tus amigas necesitaban una opinión sabia, te buscaban. No eras complaciente, no les decías lo que deseaban escuchar, sino tu punto de vista sincero. Cuando enfrentaban una situación difícil les decías: «Los prebas nos ayudan a comprender lo maravillosa que es la vida y la mayoría de las situaciones que nos angustian no tienen importancia». Agregabas que, si el plan A no funcionaba, el abecedario tiene muchas letras. Demostraste muchas veces tener el don del consejo.

También querías y aconsejabas a mis amigas: Yeya, Clarita y Teofilín Correa. A Yeya le decías que no hiciera esos viajes a la frontera con Costa Rica ida y vuelta en carro en un solo día. A Clarita que no caminara tanto. Teofila te visitaba más a menudo porque trabajaba en el Hospital El Vigía y recuerdo que cuando la invitabas a almorzar le brindabas la pechuga porque esa era su parte favorita del pollo. A Myrna Castillero otras de mis amigas que nos visitaba con frecuencia, también la aconsejabas y en una ocasión le dijiste a su madre que la cuidabas y la quería como a una de tus hijas.

Cuando una amiga te comentó que el novio la había dejado, le dijiste: «Sonríe y espera con paciencia; estoy segura de que la próxima vez encontrarás al hombre que mereces», y se cumplió tu profecía. Todas te pedimos que nos hicieras la misma predicción, sonreíste y afirmaste que así no funcionaba.

CAPÍTULO 6

A partir de los cuatro años, Tota crio a mi padre; su madre había muerto. La abuela vivía en Panamá y la visitábamos los veranos. Cuando su hermana y su cuñado murieron, se fue a vivir con sus otras hermanas, pero a los pocos meses le informaron que se mudarían a un edificio de varios pisos. Como ella no podía subir escaleras, mi padre habló contigo y la abuela se mudó a nuestra casa. Durante ese tiempo nos contaba sus anécdotas de la Guerra de los Mil Días, entre liberales y conservadores. Tota vivió con nosotros seis años, después se fue a vivir a casa de tía Augusta, donde pasó sus últimos días. La abuela tenía una forma de pensar extraña, aunque muchas veces le asistía la razón. Afirmaba que después de los ochenta años, la gente debe procurar ser prudentes y evitar molestar, porque las personas a su alrededor desean que descansen en paz, es decir: desean descansar del viejo impertinente.

En 1968, el presidente Arnulfo Arias fue derrocado por el golpe de Estado militar, y las mujeres arnulfista organizaron una misa como protesta. El jefe de la Cuarta Zona Militar, en Chitré, envió a guardias con arreos de combate para que rodearan la iglesia. Nosotros vivíamos a una cuadra y cuando salieron las damas arnulfistas, escoltadas por los guardias fuertemente armados, les grité.

—Uju, ridículos, cobardes, mamarrachos, uju —la rechifla fue imitada por más de cien damas que salían de misa.

Los guardias no soportaron la burla, no concebían que un grupo de mujeres les faltaran el respeto. Cuando estallaron las primeras bombas lacrimógenas y cundió el pánico, les abriste las puertas de nuestra casa de par en par. Desde la rejilla yo continuaba con la rechifla y las mujeres, aunque afectadas por el humo de los gases, también lo hacían con un ímpetu increíble. Recuerdo que comentaste que pensabas que la Ñata Antúnez era tímida, pero en ese momento fue quien más gritó.

Peyullo estaba en el baño y al escuchar la algarabía salió con una bata azul oscura que le llegaba casi hasta los tobillos. Tota, combativa desde la Guerra de los Mil Días, comentó al verlo.

—Por suerte está aquí el cura para que me confiese.

—Qué cura ni que san cura, abuela Tota, soy yo, Peyullo.

Como la situación se tornaba peligrosa, llamé a la Guardia Nacional, solicitando hablar con el oficial encargado y me comunicaron con un capitán. En pocas palabras le conté los hechos.

—¿Por qué están atacando la casa de la maestra Rosa? —preguntó.

—Porque los chuleé.

—Tranquila, enseguida voy para allá.

Salí a la rejilla de la casa y les grité que había llamado a la Policía.

—Nosotros somos los policías —vociferó un sargento con cara de perro.

Minutos después, llegó el capitán. Sus gritos se oían hasta dentro de la casa. El sargento quiso defenderse diciéndole que nos burlamos de ellos.

—Usted debe estar entrenado para no responder a provocaciones tontas. Nadie lo salvará de la sanción.

El capitán te reclamó por haber refugiado a las mujeres. Recuerdo como hoy tu respuesta.

—La Policía es para perseguir a los delincuentes, no para avasallar a mujeres indefensas, que lo único que hicieron fue asistir a misa para protestar por el golpe de Estado, donde su líder, después de ganar las elecciones, ha sido despojado de su legítimo derecho de gobernar. Me pregunta, ¿por qué las recibí? Escúcheme bien, mi casa siempre será refugio del que sea injustamente perseguido.

El capitán no respondió, solo asintió con la cabeza. Antes de que se retirara, le agradeciste su intervención

—Usted es un hombre prudente y si no actúa con rapidez, como lo hizo, podríamos estar lamentando una tragedia. Mi suegra tiene casi noventa años, sufre del corazón y los gases la estaban asfixiando. Llegó a tiempo.

Un año después nos mudamos a una casa al lado del Teatro Amalia, la sala de cine más importante del pueblo, frente al parque de La Bandera, el eje de las reuniones políticas.

En enero del 1959 estuviste al borde de la muerte porque no quisiste faltar a tus labores. Te diagnosticaron una vasculitis, además de otras complicaciones, como artritis, fatiga y debilidad muscular, pero tu prioridad siempre fue el deber con tus estudiantes. Asistías a impartir clases, apoyada en Solveig, porque casi no podías mantenerte en pie. Decías que, si esa enfermedad era necesaria para cumplir un propósito y para gloria del Señor, la aceptabas. Te entregaste a la voluntad del Padre, afirmando que la grandeza de una persona dependía de la medida de su entrega.

Los médicos no precisaron el diagnóstico de la vasculitis, las molestias en las piernas y la artritis con rigidez paralizante. Por lo tanto, te prescribieron medicinas para la circulación, los riñones, la artritis y al final probaron con corticoides, lo que finalmente te estabilizó.

En junio de 1969 te entregaron un examen de hemoglobina que marcaba 5.8. El médico te dio una referencia para que sacaras cita con un hematólogo en Panamá. No querías faltar a tu trabajo, sabías que no sería una cita de control o una incapacidad por unos días, presentías que serían varias semanas. Tu hijo Peyullo te increpó, disgustado.

—¿No te das cuenta de que te estás muriendo? Hay dos formas de ir a Panamá: tomada de mi mano con todo el amor que te tengo o amarrada. Vas a ver al especialista y no te dejaremos morir, la vida es prioritaria, porque sin vida no hay trabajo.

Al día siguiente, triste y sentida por la forma en que te había hablado tu hijo, te levantaste temprano, te arreglaste y se fueron hacia la ciudad de Panamá. Lo que pensaste que sería una semana se convirtió en tres meses. Te hicieron varios análisis y diagnosticaron anemia perniciosa.

Fuiste una paciente admirable y durante tu hospitalización te practicaron una gastroscopia para hacerte una biopsia del estómago. En ese tiempo no administraban sedantes y el paciente tenía que soportar todas las molestias. Te prepararon temprano, cuando terminaron el examen, llegó un especialista con un grupo de estudiantes.

—Señora, ¿nos permite repetirle el examen? Es para que los estudiantes de Medicina observen la imagen de la atrofia de la membrana del estómago, la cual no asimila la vitamina B12. De esa manera, ellos podrán comprobar su diagnóstico.

—Con mucho gusto doctor, si es para que los estudiantes aprendan y ayuden a sus pacientes, yo coopero.

Cuando fui a visitarte y me contaste el incidente, te dije:

—Nunca más vuelvas a hacer eso porque todos los exámenes tienen su riesgo y si los estudiantes no llegaron a tiempo, que lo vean en otro paciente.

—Eres intransigente, rebelde.

—Mami, cuando las personas son tan buenas como tú, los demás abusan, no se puede ser condescendiente cuando la salud está en riesgo.

Cuando saliste del hospital, los médicos prescribieron una inyección de vitamina B12 mensual de manera permanente. Regresaste a Chitré y a los dos días ya estabas en tu salón. Te acostumbraste a impartir tus clases de pie para que los niños estuvieran atentos, pero ahora te fatigabas. Aun así, no te sentabas, porque tu prioridad y objetivo como educadora, era garantizar el aprendizaje de tus alumnos.

Regresar a tus clases fue una de tus mejores terapias, porque aun estando débil te llenaste de entusiasmo. Recuerdo que la directora ordenó a la maestra de Economía para el Hogar que te llevaran un vaso de avena a la hora del recreo. Todos tus compañeros te cuidaron. La subdirectora Pily de Collado te aconsejó que no te excedieras, porque cuando murieras nadie te iba a hacer un monumento. Me lo contaste, afectada, y te contesté que ella lo hacía por tu bien y que solo te estaba cuidando.

—Mami, no te van a ser un monumento en una plaza pública, pero cada uno de tus alumnos te hará uno en su corazón y te recordarán como esa persona que les enseñó sus primeras letras con amor, dedicación y compromiso.

Sonreíste y me diste la razón.

En una ocasión se te cayó la libreta de calificaciones en una charca y mientras tú rezabas, desesperada, Oni Solís la metió debajo de la pluma de agua y Esy la puso a secar al sol. Al día siguiente, apenas se notaba el incidente y la tinta no se corrió. Esas eran tus amigas, pendientes de ti en todo momento.

Cuando las personas tenían un problema, les dabas tu tiempo sin importar que estuvieras ocupada, lo cual era un sacrificio porque suspendías todo para atender a quien te necesitaba. Afirmabas que el sacrificio es la esencia del amor y que el servicio no es opcional, es algo que debemos agregar a nuestro horario, aunque no nos sobre el tiempo. Es un deber ineludible, porque el servicio es el sendero al verdadero significado de la vida. También decías que las únicas personas que son felices son aquellas que han aprendido la forma de servir. En ese aspecto eras determinante y nos reiterabas: «Quien no sirve a los demás no sirve para nada». Atender a una amiga en problemas es darle una porción de nuestra vida: nuestro amor.

Con el transcurrir de los meses recobraste una salud bastante aceptable. Nunca te quejabas y por esa razón tus hijos nos alarmábamos cuando presentabas algún síntoma grave. Durante meses, e incluso años, asistías a tus citas de control en Panamá. A pesar de la fragilidad de tu salud, eras una mujer fuerte. Tres años después se te presentó la primera crisis de hipertensión. En tu escuela hicieron una fiesta de despedida para una maestra que se jubilaba y llevabas la guitarra para amenizar la función.

Rosa, canta una canción —pidió la directora.

Tocaste en la guitarra «Sagüita al bate», tu canción favorita y la de mi padre. Él estaba delicado de salud y te emocionaste, mientras la cantabas. Cuando se te quebró la voz, la maestra Maña se acercó y dijo.

—Cuidado te da un faracho. Recuerda que cuando yo me emociono, pierdo el conocimiento.

Continuaste con la canción, pero un fuerte dolor de cabeza te obligó a suspenderla. Minutos después, llegaste a la casa con el semblante reflejando una gran tensión. Te pregunté qué pasaba y me contaste el incidente. Te llevé a urgencia de la clínica y nos dijeron que tenías la presión alta. Te dieron medicamentos y te estabilizaron. Al día siguiente te llevé a mi cardiólogo, el Dr. Roberto Pérez. Después de una serie de exámenes, diagnosticó un bloqueo de la rama izquierda del haz de his, un defecto en el sistema de conducción eléctrica del corazón que afecta la capacidad de bombear la sangre. La lesión en sí misma no era considerada un evento crítico, sino el indicio de que podría existir una condición mucho más seria. Incluso el médico dijo que se podría presentar un infarto. Recuerdo que en otra ocasión se te subió la presión, vomitaste varias veces, se te bajó el potasio y te descompensaste. Llamé al cardiólogo y respondió su hermana.

—El doctor está en el baño, llame en unos minutos.

Diez minutos después, llamé y la respuesta fue.

—El Dr. Pérez está vistiéndose, llame en unos minutos.

Volví a llamar.

—El doctor está comiendo.

No dejé que continuara y disgustada le dije.

—El lobo está, ¿qué está haciendo el lobo?

Recordé un juego infantil que jugábamos los niños del barrio. Hacíamos un círculo mientras cantábamos: «Jugaremos a la ronda mientras que el lobo está, ¿el lobo está?, ¿qué está haciendo el lobo?» Y los niños que acompañaban al lobo respondían cada vez: «Se está bañando, está comiendo, se está poniendo la camisa, se está poniendo el pantalón». Cuando terminaba se comía al que atrapaba.

La hermana del médico recordó el juego y soltó una carcajada, le dije:

—Dile al doctor que nos alcance en la Clínica San Juan Bautista, que mi mamá está mal, porque se le subió la presión.

Cuando llegamos, ya el cardiólogo nos esperaba. Enseguida controló la presión y nos retiramos a la casa. Días después, tuviste otra subida de la presión y otra vez el potasio se bajó. En la clínica no había la inyección de potasio y tuve que ir a buscarla al Hospital Regional, era cerca de la media noche. Nunca me ha gustado manejar de noche, pero no tuve alternativa. Conduje mi automóvil con prudencia y al llegar al hospital miré de un lado a otro, varios pabellones de ese hospital estaban asignados a los pacientes psiquiátricos y en ocasiones deambulaban a cualquier hora por las instalaciones. Por suerte no me encontré con ninguno de ellos. El médico llamó y la enfermera de la sala me esperaba, enseguida me entregó la inyección de potasio y regresé a la clínica.

El día anterior asististe al funeral del padre de una amiga y eso te afectó. Después de ese percance, el médico habló contigo y recomendó un control más riguroso.

—Le prohíbo ir a los funerales y escuchar la lotería.

Te costó mucho seguir esa indicación, pues eras cumplida, solidaria. Yo estaba pendiente para que no lo hicieras y te decía que podías asistir al novenario, pero no al velorio. Sin embargo, hiciste caso omiso a mis recomendaciones y asististe a otro funeral. Esta vez la hipertensión fue más difícil de estabilizar. Recuerdo que se lo dije a Peyullo, él te regañó y disgustada dijiste que yo era una chismosa. Pero no volviste a incumplir la recomendación de tu cardiólogo.

Yo también dejé de ir a los funerales; cuando iba, en ocasiones tenía que contener la risa. Recuerdo en particular el de Jaime, pues Tencha Cano, una mujer ocurrente, siempre que lo veía le preguntaba.

—¿Cómo estás?

—Acabado —respondía él.

Esa misma pregunta y respuesta se repitió por dos años hasta que Jaime murió. El día de su funeral, llegó Tencha. Compungida, se colocó frente al ataúd y, extendiendo los brazos,dijo con aire solemne.

—Jaime, ¡acabamiento total!

Todos los presentes sonreímos, pues recordamos sus encuentros anteriores.

Años después desapareció tu lesión del corazón y cuando el Dr. Roberto Pérez, a quien todos lo conocían como «Tito», te preguntó cuál era el santo de tu devoción, le contestaste.

—Tengo un San Tito —en alusión al apodo.

CAPÍT6ULO 7

En el año 1970, mi padre enfermó gravemente y se mudó a Chitré, donde pasó los dos últimos años de su vida. Lo atendiste con mucho amor. En ocasiones él se ponía impertinente y no te dejaba dormir, Peyullo te mandaba a su casa para que descansaras y él iba a cuidarlo. A mi padre no le gustaba, porque mi hermano no le consentía un solo capricho, y tú sí lo hacías.

Cuando se disponía a dormir, Peyullo lo arropaba con una frazada, pero a la media hora lo despertaba, diciendo:

—Quítame la manta de caballo, tengo calor.

Peyullo se levantaba y le quitaba la frazada.

A los diez minutos volvía a llamarlo y le decía.

—Ponme la manta de caballo que tengo frío.

Esa conducta la repetía por espacio de dos horas hasta que Peyullo se cansaba y lo ignoraba. Cuando llegabas a la mañana siguiente, lo encontrabas descubierto y al preguntarle lo que le había sucedido, él respondía.

—No me dejes más con ese verdugo.

Mi padre debía pasar temporadas en el Hospital General del Seguro Social en Panamá. La diabetes se le complicó con una parálisis renal. Detestaba el procedimiento de la diálisis, pero no tenía más remedio que acudir al hospital. Se presentaron graves complicaciones como consecuencia de su enfermedad. Pocas veces rezaba; sin embargo, los últimos días de su vida le imploraba a Dios que lo liberara del sufrimiento y le permitiera descansar.

Sus dos hermanas caminaron la procesión de don Bosco, orando para que intercediera y se cumpliera su deseo. Un día después, el primero de febrero de 1972, mi padre falleció a los sesenta y tres años, en el Hospital del Seguro Social en Panamá. Juan Carlos llamó para comunicarte la noticia. Con la mirada acuosa y el rostro sombrío, dijiste:

—Ya descansó. Ha sufrido mucho, nunca se cuidó, comió lo que le dio la gana, aunque fuera en detrimento de su salud. ¡Que Dios lo acoja en su seno!

Mi padre dejó instrucciones para que se oficiara la misa en la iglesia de Cristo Rey y fuera enterrado en el Jardín de Paz. Tú, sus hijos y sus hermanas, además de amistades cercanas, lo despedimos.

Eras solidaria y compartías lo que tenías y recibías. Cuando tu hijo Juan Carlos te visitaba en Chitré y te entregaba dinero, calculabas el 20 % de ese ingreso y se lo entregabas a una de tus mejores amigas. Ella nos contaba que cuando veía a Juan Carlos se alegraba mucho por tu felicidad y porque recibiría el dinero que necesitaba.

No te cansabas de decirnos: «Haz todo el bien que puedas, por todos los medios que puedas, en todos los lugares que puedas, en todos los momentos que puedas y a todas las personas que puedas. En eso consiste la generosidad».

Todos los lunes ibas a la Farmacia Universal a comprar tus medicinas; te atendía Litín Centella, el administrador. Algunas personas te esperaban, pues se corrió la voz de que comprabas medicamentos a aquellos padres que no tenían recursos. Nunca nos los comentaste, pero me enteré por Maybis, la esposa de Litín, quien era una de mis mejores amigas y nuestra estilista. Recuerdo que cuando se te terminaba el dinero, le pedías prestado a Peyullo veinte dólares y le decías:

—Cuando me venga el cheque, te lo pago.

Él te daba doscientos y te respondía.

—No quiero que me pagues nada. Todo lo que tengo te lo debo a ti.

Fui gerente en el negocio de mi hermano Raúl por veinticinco años y todos los empleados te querían mucho. Mis secretarias: Edy, Ruth y Zury, te decían «Mamá Rosa», cuando Teno, uno de los empleados, se dio cuenta de eso, se puso celoso, afirmando que él tenía más derecho a llamarte «Mamá Rosa» porque llevaba más tiempo trabajando en la agencia. Desde ese día él también te llamaba de esa manera. También Grismel y Wilfredo te querían mucho.

Fuiste una jefa admirable y las empleadas domésticas te querían como a una madre, pues las tratabas como hijas. Recuerdo a Teodo, quien era nuestra compañera de juego y cuando ibas al cine con mi papá, se paraba en el portal para avisarnos cuando doblaban la esquina rumbo a la casa. A Leticia, tu comadre, la empleaste embarazada y permaneció en casa hasta que su hija Rosi cumplió tres años. Edita, una chica de Los Pozos que trabajó contigo en dos ocasiones, cuando se graduó de modista quiso probar fortuna, pero como le fue mal, regresó y la acogiste como si nunca se hubiera marchado. Delmira, la última de tus empleadas, la consentiste al extremo de hacer mucho de los oficios de ella, pues afirmabas que se cansaba. También recuerdo a Benito, el jardinero. La primera vez que le serviste la comida, él manifestó que no se podía sentar a la mesa; te pidió el plato para comer en el patio, pero tú te negaste. Quedó extrañado cuando después de la comida le brindaste postre y café. A partir de ese momento, fuiste referencia del buen trato que merecía y nos comentó que, en algunas casas, cuando pedía agua, se la daban en una lata. En esos lugares dejó de trabajar.

La Inspección de Educación te llamó para anunciarte que habías sido distinguida con la medalla de Honor Manuel José Hurtado. Ese fue uno de los días más felices y más tristes de tu vida. Entusiasmada, saliste de compra y elegiste un vestido, calzados y cartera apropiados para la ocasión. Viajarías a Panamá la siguiente semana para recibir la distinción. Sin embargo, al día siguiente, te volvieron a llamar para notificarte que reconsideraron la designación y se la asignarían a un maestro jubilado, Inspector de Educación. Me lo comentaste con lágrimas en los ojos.

—Mami, no necesitas esa distinción, el mejor y

más válido reconocimiento consiste en la satisfacción de enseñarles a leer a estudiantes que durante años reprobaron. Cuando iniciaron no sabían ni leer ni escribir una sola palabra. Les abriste un mundo de oportunidades y serás para ellos esa luz que los sacó de la oscuridad, de la ignorancia.

Esa fue la forma en que pude minimizar tu desilusión, pero en el fondo de mi corazón sentía que cometieron una gran injusticia.

Luego nos enteramos, por una de las funcionarias, que los regentes de la educación se decidieran por el jubilado porque había nacido en Chitré y tú no. Sin embargo, trabajaste como maestra en esa ciudad por veinte años, amándola como si hubieras nacido en ella y tu mente se negaba a comprender esa justificación.

Días después, te comenté que yo no hubiera soportado la injusticia de negarte la distinción que merecías por tu desempeño. Me respondiste que hay momentos en los que se debe decidir si se desea impresionar a las personas o influenciarlas. «Yo prefiero dejar una huella», agregaste mientras sonreías.

En el año 1975 te jubilaste, después de treinta años de servicios, los dos últimos a cargo de la dirección, cada vez que una maestra faltaba, atendías su grupo. Raúl organizó en el Hotel La Villa una gran fiesta para celebrar tu jubilación. Fue concurrida y no escatimó en gastos para que te sintieras feliz por la culminación de una vida dedicada a la enseñanza. Algunas de tus compañeras salieron pasadas de copas, pero tú no, porque todo lo hacías con moderación.

Estabas dichosa de compartir con tus amigas la celebración de trabajar por treinta años con alegría y compromiso. Afirmaste que te jubilabas del trabajo y de tu profesión, pero nunca lo harías de servir a Dios y a tu prójimo.

Tenías el don de la enseñanza, también le impartiste clases a tus nietos que vivían en Chitré. Raúl, el hijo mayor de Peyullo, desde los cinco años recibió tus enseñanzas, siendo jubilada. Como era un niño flojo y glotón, cada media hora sonaba el despertador que anunciaba el recreo y le preparabas emparedados con batidos de frutas. Raúl no ponía atención a las clases, pendiente del recreo y del refrigerio. Cuando le preguntabas, se equivocaba. Una vez le dije:

—Si no pones atención, vas a repetir primer grado.

—¿Qué es repetir? —preguntó el niño.

—Ir dos años a primer grado.

El niño se puso a llorar a gritos y me reprendiste, pero a partir de ese momento prestó más atención y sus avances fueron notables. Al entrar al primer grado ya sabía leer.

Fuiste una gran lectora de la Biblia, repasando cada día diferentes pasajes. Recuerdo que cuando llegaba tu nieta Rosa María, te pedía que leyeras los Salmos. La niña tenía dificultades para hablar y tartamudeaba, pero tú rezabas, pidiendo un milagro. Desde que la niña llegaba, te veía leyendo la Biblia.

—Abuelita, lee los Salmos —decía, tartamudeando.

Elevabas tu mirada al cielo e implorabas: «Concédele, Señor, el don del habla». Meses después, una mañana, llegó la niña y cuando te vio leyendo la Biblia, se acercó y abrazándote, dijo:

—Hoy no quiero Salmos, sino un cuento largo —dijo, de corrido.

Charlaste con la niña por varios minutos y comprobaste que ya no tartamudeaba.

Elevando la voz y la mirada al cielo, dijiste:

—Ya habla bien; gracias, Jesús, respondiste a mis plegarias.

Tenías un lenguaje poético como todos aquellos que leen con frecuencia la Biblia. También poseías el don del consejo debido a la sabiduría que encierra el Libro Sagrado. Tu parábola favorita era la multiplicación de los panes. Siempre nos decías que aquel que comparte sus bienes, el Señor, se los multiplica. También afirmabas que solo se debía compartir lo bueno: las alegrías, las buenas noticias, que los problemas y las dificultades la reserváramos para comentárselas a Jesús, porque cada persona debía cargar su propia cruz y no era justo agobiarlo con el peso de la nuestra. Agregabas, que solo Jesús tiene la capacidad de aligerar nuestra carga. Nos enseñabas que la finalidad de la oración es «la conformidad con la voluntad de Dios.» Por eso, recomendaba que ante cada acción debíamos plantearnos la pregunta: «¿Lo quiere Dios?»

Afirmabas que la lectura diaria de la Biblia te mantenía al alcance de la voz divina. Porque Él tiene un propósito detrás de cada problema y que cada vez que se resuelve uno, otro está esperando para tomar su lugar.

Agregabas que cuando el corazón está quebrantado, te sientes abandonado, o siente que no tienes opciones, porque el dolor es demasiado grande: te conviertes: te vuelves a Dios. Durante el sufrimiento aprendemos a orar y nuestras oraciones son más auténticas, más sinceras. El sufrimiento nos obliga a poner los ojos en Dios y a darnos cuenta de que Él es todo lo que necesitamos.

Asegurabas que en tiempos difíciles tenemos dos certezas, que Dios está en control absoluto del problema y que nos ama. Recuerdo que cuando yo pedía algo y no me lo concedía, te decía.

—¿Cuánto más tengo que esperar?

Tu respuesta era la misma.

—Dios nunca tiene prisa, pero siempre llega a tiempo.

Te empeñaste en educar a tus hijos desde la primera escuela, como llamabas al hogar, afirmando que es en casa donde aprendemos a ser fraternos y solidarios, sin avasallar a nadie; a recibir y a agradecer la vida como una bendición. En casa recibimos el perdón, aprendemos a perdonar y nos dejamos transformar. En el calor del hogar, la fe empapa cada rincón, ilumina cada espacio: construye comunidad.

Nos educaste en valores, como la solidaridad humana, el respeto, promoviendo la convivencia pacífica, resaltando que la libertad es un derecho inalienable. Reiterabas.

—La familia es escuela de humanidad y nos enseña a poner el corazón en las necesidades de los otros porque cuando vivimos bien en familia somos solidarios. Las verdaderas familias son las escuelas del mañana. Cuidemos a nuestras familias, que son los verdaderos espacios de libertad y los centros de humanidad.

Mantenías una relación cercana con Dios, invocando a Jesús en tus oraciones. Tenías una lista de todas tus necesidades, que titulabas: «Dios proveerá», y cada vez que se te concedía una de esas peticiones las marcabas con un gancho. Formaste a tus hijos sostenidos por cuatro pilares: amor a Dios sobre todas las cosas, solidaridad con el prójimo, compromiso con una sociedad justa y la búsqueda y encuentro de nuestra misión en la vida. Nos enseñaste a no tomar decisiones a la ligera, citando las palabras de San Ignacio De Loyola: «En tribulación no hagas mudanza». Eso significa que las decisiones no se toman cuando te encuentres perturbado, sino después de un discernimiento espiritual. Cuando tomabas una decisión, implorabas, mediante un ejercicio espiritual, la sabiduría necesaria para discernir el camino correcto y una vez tomada, la ofrecías en oración.

Amabas a tus nietos, el primero John John, se portaba mal. Pero lo distraías con tus historias. El ingenio de él te divertía. Recuerdo que tenía cinco años cuando le preguntaste lo que quería ser cuando grande y él respondió.

—Dueño de una funeraria.

—¡Qué dices!

—Sí, abuelita, es buen negocio. Todas las personas se van a morir. ¿No es así?

—¡Qué macabro! —dijiste, asombrada.

Cuando nació Lía Malena, John John se puso celoso y te decía que la iba a meter en un saco, le contestaste que a él lo meterías en una cajeta. Su respuesta fue: «A ti te meto en un ataúd». El niño era fanático de las películas de Drácula. Quedaste anonadada ante semejante salida, pero, ¿qué se le puede decir a un niño tremendamente precoz?

En una ocasión estábamos todos sentados a la mesa y John John dijo de manera intempestiva.

—Mi tía Rose Marie no se ha casado, ¿no es así? —nadie contestó, no teníamos la menor idea de lo que pensaba— Bueno, tía, no te puedes casar, a ti te toca cuidar a mi abuelita.

Con apenas siete años, el niño llegó a esa conclusión. La más asombrada fuiste tú. Le preguntamos por qué decía eso y respondió que de esa forma su abuela estaría bien atendida.

Cuando nació Juan Carlitos te encantó, pues de bebé era tierno y hablantín, lo mismo que sus dos hermanas: Lore y Cristi. A Juan Carlitos lo sentabas en tus piernas y le cantabas hasta que se dormía. Cuando tenía cinco años se sabía las banderas y capitales de casi todos los países del mundo. Su juguete favorito: el Almanaque Mundial. Cuando fuiste a conocer a Carmen Lorena, Juan Carlitos te dijo:

—Abuelita, mi hermana es un fenómeno.

Te asustaste y te mostró una fotografía que le tomaron a la bebé recién nacida donde la enfocaron de cerca y tenía los ojos grandes e hinchados. Carmen Lorena hablaba de corrido desde los catorce meses y en una de sus estadías en Chitré te dijo que tú eras millonaria porque tenías muchos platones, donde recogías agua lluvia para regar tus rosales. Fuiste gran conservadora de los recursos naturales. Tu nieta Ana Cristina te hacía reír. En una ocasión te dijo que ella era fea y cuando le reiteraste que era preciosa, ella te respondió.

—Tengo derecho a ser fea.

Los hijos de Solveig —Jackeline, Chichito, Chuchú, Ricky y Solvita— te visitaban en la Semana Santa. A Solvita la más pequeña, los hermanos la molestaban diciéndole mamá Curunda, porque jugaba con unas tacitas. En una ocasión te causó mucha gracia verla con dos moñitos y la llamaste «mamá Curunda». Ella, disgustada, te dijo que eras maluca. Recuerdo que te reíste por varios minutos y la abrazaste hasta que la niña te devolvió la caricia.

A los hijos de Marisela, Rody y Alex, los veías con frecuencia porque residían en Aguadulce. En una ocasión, Rody, con solo tres años, se subió a tu cama y registró un anaquel. Encontró una especie de tizas que eran veneno para ratones y se los metió a la boca. Cuando lo viste con la caja del veneno y la boca llena, gritaste tan fuerte que la empleada y yo llegamos corriendo, pero, por suerte, no se tragó ninguno. Le enjuagamos la boca y le dimos agua con miel. No podías creer que en el breve lapso en el que fuiste al baño, el niño estuviera a punto de tragarse el veneno.

Marisela tuvo que hacerse unos tratamientos en Panamá y dejó a Rody, de cuatro años, a tu cuidado en la casa, llevándose a Alex, de tres. El niño todos los días preguntaba.

—¿Dónde está Matella y Ale?

Recuerdo que contestabas: «Vienen mañana».

A los tres días de recibir la misma respuesta, el niño dijo:

—Matella y Ale se fueron.

No volvió a preguntar y cuando regresaron le dijo a Marisela que no se quería ir con ella. Meses después, los dejaron a los dos y Alex no salió ni un solo día a pasear, pues quería esperar a su mamá. Tus nietos más cercanos eran Raúl y Rosa María. Recuerdo un día que los acompañaste a una función del circo que acababa de llegar a Chitré, pero te caíste al llegar y Raúl y Rosie lloraban a gritos, eran niños pequeños y se asustaron.

La última de tus nietas fue María Elenita, una bebé adorable. Todavía recuerdo tu alegría en su bautizo. Las fotos son testigos de tu felicidad. Te recuerdo cargándola y cantándole canciones de cuna, mientras ella sonreía, cerraba sus ojos y se dormía.

No puedo dejar de mencionar a Villy, el hijo de Ruth y Villito, tu nieto putativo. De bebé, cuando apenas hablaba, a sus abuelas les decía «Mama Diana» y «Mama Yiya». Todas las noches Ruth nos visitaba con Villy para ver películas en el Betamax. Una noche, cuando se retiraban, te vio dormida y desde ese día te llamó «Mama Omía». Cuando le brindabas pasitas, él siempre te daba un abrazo de oso.

Una noche, mientras ellos nos visitaban, tú conversabas con Ruth, yo jugaba con Villy y Villito veía televisión. De repente se fue la luz, tomaste una linterna y te desplazaste hacia el cuarto. Trajiste seis lámparas que encendiste, pues afirmabas que era inadecuado recibir visitas con la luz apagada. La casa quedó tan iluminada que Villito dijo:

—Prendieron las luces del estadio Rico Cedeño.

Ruth y yo soltamos la carcajada y dijiste que los vecinos pensarían que estábamos ebrias.

CAPÍTULO 8

El 7 de septiembre de 1977 se cumplió tu sueño dorado: tu hijo Raúl te regaló una casa. Siempre fue tu gran anhelo: tener casa propia. Recuerdo bien la fecha porque ese día Omar Torrijos y James Carter firmaron el tratado del Canal, que lleva el nombre de ambos. Hasta ese entonces vivíamos en la casa cercana al parque de la Bandera. Te despediste de ella como si fuera de alguien querido. Rezaste en cada habitación, dando gracias a Dios. Te sentí melancólica.

—¿Qué te sucede?

—En esta casa pasé momentos felices y tristes, fue un dulce refugio cuando llegaba cansada de mi trabajo. Sentía mucha paz al ser acogida por esta morada. Además, extrañaré a mis vecinos, mis amigos. Sin embargo, estoy contenta, porque mi casa nueva es preciosa.

Estabas feliz, una casa en la barriada residencial Cantarrana, con 1,200 metros cuadrados, un gran patio, donde sembraste árboles frutales y flores, también lo rodeaste de palmas y veraneras. Nosotros no queríamos que tomaras sol ni que te estropearas las manos y cuando me pedías que te ayudara a sembrar, te respondía.

—Dile al señor Benito, el jardinero, ni tú ni yo debemos hacerlo. Sabes que nos hace daño tomar el sol.

La casa tenía una amplia estancia con sala comedor, cocina, cuatro recámaras, lavandería, cuarto de empleada y una enorme terraza. Recuerdo que deseabas mudar los muebles viejos, pero tus hijos nos opusimos: casa nueva, muebles nuevos. Juan Carlos te compró el juego de comedor, yo la sala, Peyullo la recámara y la línea blanca, Solveig te regaló un juego de cubiertos. Marisela te hizo los adornos de cerámica. Te encargaste del jardín, sembraste rosas, veraneras, papos, en fin, toda clase de flores y plantas para embellecer la entrada. Invitaste a tus amigas a ver tu nueva casa de la cual, te sentías orgullosa. A pesar de que antes vivías en el centro de la ciudad y ahora estabas distante, te adaptaste con facilidad porque te sentías feliz y cuando la persona es feliz todo le parece perfecto.

Te encantaban los Carnavales. Yo te llevaba a Las Tablas para ver las tunas. Eran muchas horas de pie y me cansaba casi hasta el paroxismo. Cuando te dabas cuenta de que estaba a punto de desmayarme, aceptabas regresar a casa.

Los últimos cuatro Carnavales fuimos a Parita, donde pasaban José y Lilia. Tu sobrina Isolda te recibía con mucho cariño y, sentadas en el portal, observábamos pasar las tunas. La familia Porcell era de calle arriba y cuando la tuna de calle abajo pasaba frente a la casa, se escuchaban las cantantes rambuleras. Decías: «No contesten y sonrían, nosotras tenemos dientes».

En las fiestas de Carnaval en Chitré, las Fuerzas de Defensa acostumbraban a sacar un carro cisterna para mojar por las calles. En una ocasión en que vivíamos en el centro, se detuvieron frente a la casa y unos hombres se bajaron con la intención de entrar. Te llamamos a gritos.

—Mami, vienen unos presos a mojarnos.

Saliste como una pantera a enfrentarlos.

—Señora, no soy uno de los presos, soy el capitán jefe de la Cuarta Zona.

—Debe dar ejemplo de una actuación respetuosa y no pretender entrar a una casa como si fuera el dueño. Se retira de inmediato.

—Perdone, señora —dijo el oficial, mientras les ordenaba a sus hombres que se retiraran.

Es que no simpatizabas con los militares y desde el golpe de Estado los adversaste. Cuando mataron al padre Héctor Gallego, sufriste como si fuera tu hijo. Recuerdo que le mandaste a decir las tres misas del alma y las de cada mes. No asistía casi nadie, la gente tenía miedo y Peyullo te aconsejó que mejor le rezaras en la casa, pues si mataron a un sacerdote también podían matar a una maestra.

También sufriste mucho con el asesinato de Hugo Spadafora y lo más doloroso fue la forma de matarlo, la tortura, el ensañamiento. Te confortaba pensar que, si no los alcanzaba la justicia de la tierra, lo haría la divina. Ambos estaban presentes en tus oraciones. Recuerdo que cada 2 de noviembre, fecha en que se les rinde homenaje a los difuntos, incluías en la lista de tus familiares fallecidos al Padre Gallegos y a Hugo Spadafora. Rebeca, su madre, fue tu compañera de colegio y de trabajo como maestra en Chitré.

Rebeca te visitaba casi todos los días, se querían como hermanas. A ella le gustaba mucho cómo cocinaba Marisela y cuando la invitábamos, Marisela le preguntaba.

—¿Le sirvo poquito?

—No, sírveme como si fuera para un animal.

Todos en la mesa celebrábamos su ocurrencia. Los que llegaban a nuestra casa a horas de la comida eran invitadas, diciéndoles que era a la suerte de la olla. Eso significaba que comería lo que se estaba cocinando.

Fuiste una mujer bella, elegante, glamorosa, decías que a cualquier edad la mujer se puede distinguir, cuando una despide a la juventud le da la bienvenida, a la elegancia. Nos enseñaste a arreglarnos bien, afirmando que la presencia influye en una buena impresión y que una sonrisa es la mejor joya.

Madre, cuando entrabas a la iglesia, todos admiraban tu porte y distinción, entre ellas Esilda, nuestra manicurista. Recuerdo que un día yo te pinté las uñas y quedaron feas, pero te dije que de lejos no se notaba. Al día siguiente, en misa, te sentaste a lado de Esilda y le mostraste las uñas, afirmando que yo te las había hecho. Ella no pudo contener la risa. En una ocasión, la hija de Silvita Barragán me dijo que, siendo niña, tú representabas el concepto de la elegancia. Le gustaba mucho verte llegar a la iglesia, bien vestida y de acuerdo a tu edad.

Cuando tenías sesenta y dos años, un amigo mío de Panamá, que estaba de visita en Chitré, te vio cruzar la calle para ir a la iglesia. Vestías una falda negra, un blazer blanco y una blusa color vino, tacones altos y una cartera a juego. De inmediato supo que eras mi madre. Detuvo el automóvil y te preguntó, al responderle afirmativamente, subió el tono de voz y te dijo que eras bella, elegante. Al llegar a casa me contaste lo ocurrido y te reiteré lo hermosa y elegante que eras.

La enseñanza y el aprendizaje fueron tus motores. Insistías una y otra vez que no dejáramos de aprender, para que el cerebro no permaneciera ocioso. Asegurabas que se debe ocupar el tiempo con acciones productivas o de entretenimiento porque el ocio es el taller del Lucifer. Manteniendo la mente activa, evitamos que salga «el maligno», como llamabas al Alzheimer.

—No dejes de aprender, ríe a menudo y aprecia las cosas sencillas de la vida. Las personas que estudian continuamente, al abrir un libro, evidencian que no se han rendido. Un aire de juventud les cruza el rostro y vuelven a sentirse jóvenes. Cualquier edad es buena para aprender. Tengo setenta años y aprendo con el mismo entusiasmo que cuando era joven. Además, la aventura de aprender cada día algo nuevo, me llena de alegría.

El ferviente deseo de aprender lo heredé de ti, Madre; por eso nunca me aburro. Y no se trata solo de trabajo, porque cuando leemos, escuchamos música, descansamos, no estamos ociosos. Te gustaba la música, la poesía, el cine, cantar, eras una mujer alegre y divertida. Tu sentido del humor lo heredamos todos tus hijos. Contabas chistes con una gracia inigualable. Las personas alegres no se deprimen porque hasta sus problemas las hacen reír. Decías que una buena actitud ante las dificultades de la vida, era la mejor crema anti envejecimiento. Tus amigas gastaban mucho en cosmético, pero tú les decías: «Sonrían que nada les cuesta y les aporta enormes beneficios».

Afirmabas que una vida sin sentido marchitaba la existencia. «Dios le da a nuestra vida un propósito, una vida con propósito tiene sentido y una vida con sentido es una vida plena de esperanza, sostenida por la fe. Luego de unos minutos», agregabas.

—La peor tragedia no es la muerte, sino una vida sin propósito. Conocer tu propósito enfoca tu vida, concentra tus esfuerzos y energías en lo importante. Sin un propósito claro, seguirás cambiando de dirección, de trabajo, de relaciones, de iglesia. Esperas que con cada cambio se resuelva tu confusión y llene el vacío de tu corazón. No obstante, no hay nada tan potente como una vida enfocada.

Nos enseñaste a perdonar y a pedir perdón, afirmabas que la culpa es estéril. Las personas que se sienten culpables son manipuladas por sus recuerdos, permiten que su pasado controle su presente y su futuro. A menudo se castigan a sí mismas, saboteándose el éxito.

—Somos producto de nuestro pasado, pero no debemos ser prisioneros de él.

Aunque te preocupabas más de la cuenta, no sentías miedo y decías que cuando la gente se deja controlar por el miedo a menudo se pierde grandes oportunidades, porque no se atreve a arriesgarse.

—El miedo es la prisión donde uno mismo se mete. ¿Cómo lo evitamos? La vacuna contra el miedo es la certeza de que Dios nos ama y cuidará de nosotros. Tampoco permitas que nadie te manipule por la necesidad de ser aprobada ni dejes que las expectativas de otros controlen tu vida.

Todos los meses te entregaba la mitad de mi salario y cuando me lo aumentaron, te dije: «Te daré lo mismo, pero la diferencia será para comprarte lo que necesites». Cada vez que me compraba un vestido, elegía otro para ti. El dinero que te quedaba después de pagar las cuentas, lo repartías entre tus pobres y no te comprabas nada. En ese tiempo yo era una compradora compulsiva, y adquiría todo lo que me gustaba sin el menor remordimiento. A partir de ese momento fue más fácil controlar ese impulso, porque compartía la mitad de las compras contigo.

El último carnaval que pasaste con nosotros, te compré cinco vestidos y cuando me dijiste que eran cuatro días de Carnaval, te respondí que el quinto era para la gallota, que así se llama la celebración después del último día de fiesta. Cada día de Carnaval estrenaste vestido nuevo con sus respectivos zapatos y carteras. Te veías tan bella, todavía conservamos la foto que te tomó Solveig en el garaje de la casa. En todas las fotos sonreías, afirmando que ese sería un recuerdo para cuando ya no estuvieras, porque tu imagen sonreída, jamás nos causaría tristeza.

Nunca evadiste el tema de la muerte, aceptándola como una de las grandes certezas de la vida, debido a tu firme convicción de que sería un gran encuentro con los seres queridos que partieron primero.

CAPÍTULO 9

En el año 1973, la primera de tus hermanas en morir fue Elena, a quien visitábamos a menudo mientras estuvo enferma. Durante todo ese periodo, su esposo Vicente Euclides la cuidó como si fuera una hija pequeña, dándole la comida en la boca como a una bebita. Siempre admiré esa cualidad y su demostración de amor. Rezaste durante meses, era tu hermana más cercana, ya que vivían en el mismo pueblo. Varias veces te vi llorar, pero yo no tenía palabras de consuelo, ¿qué se puede decir ante una situación semejante? Nada...

En 1983, cuando murió Felicidad, ocurrió un fenómeno paranormal. Esa noche soñé que mi tía Feli nos visitaba para despedirse, afirmando, contenta, que partía a un lugar hermoso. Vestía camisón y bata rosados. En vida ella pidió que al morir la vistieran de esa manera. A la mañana siguiente te lo conté y me dijiste que no fue un sueño porque a las cuatro de la madrugada me encontraste en la puerta que daba al patio y dije:

—Allí está tía Feli, vino a despedirse, porque se va a morir...

Me llevaste a la cama y volví a dormir.

A la mañana siguiente llamamos a Panamá y nos informaron que tía Feli había muerto a las cuatro de la madrugada.

Meses después murió tía Anita, quien vivió toda la vida con Feli, José y Lilia. A ella le afectó mucho la muerte de su hermana. Cuando mueren personas cercanas, la depresión se manifiesta de diferentes formas y aunque luchabas por mantener la alegría, esta se vio eclipsada. Meses después fuiste recuperando esa alegría de vivir que todos admiramos.

Tu muerte nos sorprendió a todos, menos a ti, y quince días antes ese era tu tema de conversación, incluso te despediste de todos tus hijos. Cuando hablaste conmigo dijiste que me preparara para el día que te fueras; nunca pronunciabas la palabra «muerte», usabas un eufemismo o a lo mejor pensabas que la muerte no existe como tal, sino como un largo viaje. Repetías una y otra vez: «Cuando me vaya me iré tranquila y confiada en que Jesús me espera para darme un abrazo de bienvenida».

Tres semanas antes de morir, como todas las mañanas, después de leer la Biblia, entonabas la misma melodía de la Resurrección.

Resucitó, resucitó, resucitó, aleluya,
aleluya, aleluya, aleluya, aleluya, resucitó.
La Muerte, ¿dónde está la muerte?
¿Dónde está mi muerte?, ¿dónde su vitoria?
Resucitó, resucitó, resucitó, resucitó, aleluya,
aleluya, aleluya, aleluya, resucitó...

No me atrevía a interrumpirte, pero me angustiaba mucho escucharte, entonar a diario la misma canción y cuando te manifestaba que esa melodía en particular la sentía como una despedida, respondías.

}—No te pongas triste. Estaré bien. No deseo que lloren cuando me vaya, me quedaré en el corazón de cada uno de mis hijos. Siempre estaré con ustedes.

Le hiciste prometer a Peyullo que se encargara de los gastos de Edna, él te dijo que siempre lo había hecho, pero le pediste que se comprometiera a hacerlo cuando ya ella no estuvieras. Reiteraste que Juan Carlos debía encargarse de Marisela y él de Edna. Peyullo se angustió mucho con tu insistencia y te preguntó que, si te sentías mal, le dijiste que no, pero que después de los setenta años, todos debían prepararse para su último viaje. Peyullo me preguntó que si habías tenido una conversación similar conmigo y le respondí que varias veces.

—No me gusta —respondió mi hermano.

A mí tampoco me gustaba, recordé que días antes de morir, mi padre también tuvo ese tipo de conversación. Llegué a la conclusión de que las personas presienten su muerte y el alma se despide.

Pocos días después falleciste de un infarto masivo, repentino. Te llevamos al hospital y no se pudo hacer nada. Estuve pendiente de ti y cuando te enfermabas me hospitalizaba contigo, incluso parecía más enferma que tú. Delmira, la empleada que tanto consentiste, te acompañó en los últimos momentos cuando te dio el infarto, mientras yo angustiada llamaba por teléfono para pedir ayuda. No pude despedirme de ti, pues mientras agonizabas, intentaba, sin éxito, conseguir ayuda para llevarte al hospital. En ese tiempo en Chitré no había ambulancia y cuando llegaron Villito y Ruth, yo estaba desesperada y tú agitada, pero tranquila, apoyada en Villito subiste al carro. Entonces, sonreíste, me sentí conmovida ante esa sonrisa luminosa en un rostro extenuado.

Minutos después llegamos a la sala de urgencias, pero no tenían desfibrilador y los médicos que estaban presentes se turnaban para darte reanimación cardiorrespiratoria. Recuerdo que el Dr. Pedro Ríos se subió a la camilla, para darte masaje cardíaco, pero el intento fue inútil. A los pocos minutos declararon la hora de tu muerte. viernes 28 de febrero de 1986.

Tu fallecimiento me paralizó. Sentía un gran vacío con tu ausencia y me negaba a aceptar tu muerte. El consuelo no llegaba.

Es difícil acostumbrarse a la ausencia definitiva de un ser inolvidable. Después de interminables reflexiones, repasé tu vida con una mirada oblicua para observar de otra forma tu legado, para intentar comprender a esa persona maravillosa que estuvo más allá del bien y del mal. A ese ser humano que se fue tranquilo con una sonrisa en los labios, preparada para el encuentro con el Padre. Nos enseñaste que la muerte no es una partida: es un encuentro, es abrir otra puerta sin cerrar la que dejaste atrás. El cuerpo se queda en el campo santo, el espíritu asciende y algunas veces regresa, pero en ocasiones, no lo percibimos porque estamos agobiados por el dolor de la pérdida irreparable.

Días después de tu muerte encontramos una lista de todas las personas que ayudabas y entendimos por qué el dinero no te alcanzaba. El día de tu funeral, todas te acompañaron. Nos conmovió mucho observar a «tus pobres», como los llamabas con cariño, mezclados con personas de todos los estratos sociales y económicos. Eso fue lo que siempre deseaste: un mundo mejor, sin discriminación, sin diferencias, que no se apreciara a las personas por lo que tienen, sino por su condición de ser humano, digno y merecedor de respeto. Eso lo lograste en tu funeral. Esa visión de igualdad me acompañará toda la vida y me hace sentir orgullosa de ser tu hija.

Rosa, no solo fuiste la mejor de las madres, fuiste mi amiga y mi compañera inseparable. Nos cuidamos mutuamente. Me cuidaste por mi frágil salud desde que era pequeña, y yo te atendí desde que el cardiólogo nos dijo que padecías de una lesión que podía provocarte un infarto. Consideraba un honor que. entre todos mis hermanos, estaba yo cerca de ti, por eso tu muerte me dejó espiritual, moral y físicamente devastada. Todos los días visitaba el cementerio. No encontraba alivio a ese inmenso e inagotable dolor.

Mis amigos trataban de consolarme, sin lograrlo. Recuerdo que Teófila te rezaba el rosario todas las semanas. Ruth y Aida me llamaban a diario para saber cómo estaba. Me sentía desgarrada, nada que dijeran podía aliviarme. Fueron muchas las llamadas de consuelo.

Una noche, desperté en el baño, sentada sobre la tapa del inodoro. Estaba despierta, en ese momento te vi y me dijiste.

—Si no te resignas por mi muerte, te llevaré conmigo. No deseo que vayas todos los días al cementerio. Recuérdame, pero déjame partir, no puedo regresar; yo ya cumplí con mi misión en este mundo. Te reitero: si no te conformas te llevaré al otro lado —extendiste tus brazos tratando de tocarme.

El miedo me inmovilizó, sentí terror, pues no tenía explicación para lo que estaba ocurriendo.

—¡No quiero morirme!

Dejaste caer tus brazos a lo largo del cuerpo y en ese momento la severidad de tu rostro fue reemplazada por una dulce sonrisa.

—Querida hija, no quiero que regreses a los campos minados de los recuerdos tristes, porque si lo haces tu corazón seguirá sangrando. Todo aquello que te haga sufrir, deja que se lo lleve la corriente del olvido. Quiero que aceptes la voluntad de Dios. Siempre estaré pendiente de todos mis hijos. Recuerda que mi protección nunca les faltará.

Cerré los ojos y empecé a orar en voz alta.

—Dios mío, no permitas que perturbe la paz de mi madre. Te prometo que a partir de hoy me resignaré y aceptaré tu voluntad. Asumiré con humildad el dolor por la pérdida de mi madre. Remplazaré el llanto por la oración y la tristeza por el servicio a los demás.

Recordé que cuando veías a alguien llorar le decías: «Desahógate, pero limpia tus lágrimas, porque después de cada tormenta sale el arcoíris y si tienes tu vista empañada por las lágrimas no podrás apreciar los colores en su inmensa dimensión. Si quieres verlos, no dejes que la tormenta se prolongue».

Oré por más de una hora y al terminar abrí los ojos, ya te habías ido. Sentía tu presencia, esa que no me ha abandonado jamás. A partir de ese momento, supe que siempre me acompañarías. Con frecuencia te recuerdo y llegan a mi mente tus palabras: «La vida solo se llena con amor. Dedícate a ayudar a los demás y nunca estarás sola».

Recordaba tu entrega generosa a todo aquel que te necesitaba, pero me costaba mucho seguir tu ejemplo porque estaba centrada en mi dolor.

Para aliviar mi sufrimiento encontré el camino del compromiso. Uno que no se puede rehuir, el del servicio. Después de hondas reflexiones llegué a la conclusión de que el compromiso se vivifica en una acción voluntaria, que solo tiene calidad ética cuando se asume como una opción libre en nuestro interior. Esa fue la mejor enseñanza que nos dejaste y tu legado: una vida de compromiso. Decías que en las pequeñas ayudas que brindamos está el amor a Dios, porque Él no juzga la grandeza de lo que hacemos, sino el amor con que lo hacemos.

CAPÍTULO 10

Madre, en todos tus hijos dejaste una huella. Tu influencia fue determinante en nosotros. Edna, quien ya falleció, heredó tu capacidad para entretener con el relato oral, y sus sobrinos Raúl y Rosa María la buscaban al llegar a tu casa. Como tú, era hacendosa y le gustaba que la casa se mantuviera limpia. Le fascinaba fregar, es la única persona que he conocido que disfrutaba haciendo ese oficio.

Tu hijo Juan Carlos heredó tu sentido del humor y por esa razón lo sentías cercano. Tus otros hijos nos quejábamos, celosos, afirmando que era tu preferido, pero sin tomar en cuenta la nostalgia que sentías por su ausencia. De todos tus hijos, a Juan Carlos le tocó pasar su niñez y adolescencia lejos de ti. ¿Cuántas veces él necesitó tu abrazo de consuelo? Y como madre lo compensabas en los meses de vacaciones, pero nosotros lo veíamos como un trato preferencial. Cada vez que lo regañabas él buscaba la palabra oportuna o un chiste y lograba que sonrieras. Al igual que tú, asumió el compromiso con una sociedad justa y cada vez que le toca actuar en consecuencia, recuerda el gran legado que dejaste impreso en su alma y que marcó cada uno de sus actos.

El testimonio de tu hijo Juan Carlos fue el siguiente: «La persona que más ha influido en mi vida ha sido mi madre, siento que de ella he heredado la puntualidad, la responsabilidad y la honestidad. Mi lucha ha sido constante para que esos atributos distingan mi vida. Mis cinco hermanos se quejaron de que mi madre me quería más a mí que a ellos, pero estoy seguro de que no era cierto. Lo que sucede es que yo fui el único de los seis hijos que hizo la escuela en Panamá y cuando iba de vacaciones a Chitré para estar con ella, me brindaba todo ese amor acumulado que, por nueve meses de ausencia, no había podido darme. Ella no podía contener esa avalancha de amor que me manifestaba. Todos sus hijos heredamos algo o mucho de madre. En mi caso igual que ella, heredé amor por los instrumentos musicales, desde pequeño me gustaba contar chistes. Siempre extrañé el tiempo que no pasé con ella. Los pocos meses que compartíamos compensaban mi tiempo de soledad y tristeza. Reitero que es la persona que más ha influido en mi vida».

Tu hija Solveig me comentó que tu influencia o legado fue darle responsabilidades cuando apenas tenía trece años. Ella te hacía todos los mandados porque tú ocupabas gran parte del tiempo dando clases en la escuela y en la casa a los estudiantes que necesitaban reforzar su aprendizaje. Solveig se encargaba de pagar las cuentas: luz, agua, teléfono y hacía el mercado. También retiraba del correo el giro que nuestro padre enviaba. Nunca le salieron mal las cuentas, eran tantos sus deberes, que tenía que correr para cumplirlos. Esa experiencia le sirvió, cuando fue a estudiar a Panamá, con apenas dieciocho años pudo desenvolverse en la ciudad capital, a pesar de ser interiorana. Se acostumbró desde temprana edad a asumir retos, con la certeza de que podía lograrlo. Cuando empezó a trabajar, estaba acostumbrada a resolver las situaciones difíciles, porque el impulso que le diste la capacitó no solo para el trabajo, sino para resolver todos los problemas y retos que se le presentaran a través de la vida. La entrenaste desde joven, infundiéndole confianza en sí misma. Le enseñaste a sentir amor por su trabajo y a comprometerse en hacerlo bien. Incursionó en Bienes Raíces cuando, en esa época, era un trabajo de hombres y después de cuarenta y cinco años de ejercerlo, se le presentó la oportunidad de transmitir esos conocimientos. Recordó que tú, Madre, deseabas que ella fuera educadora. Se cumplió tu anhelo, porque se dedicó a ser maestra de Bienes Raíces. Cuando se jubiló se dedicó a dictar los cursos de corredores de Bienes Raíces, enseñando todo lo que aprendió de los libros y del ejercicio de la profesión. Ya tiene quince años de ejercer ese oficio y es el legado que guarda de ti, como si fuera su más preciado tesoro.

El legado que dejaste en tu hijo Raúl, Peyullo, fue asumir la vida con responsabilidad. Él trabajó con mi papá. A los veinte años, luego de que las ventas de mi padre disminuyeron, regresó a Chitré en busca de empleo. Todos los meses le anotabas en una libreta la parte de los gastos que le correspondería pagar cuando empezara a trabajar. Cuando logró emplearse debía pagar el mes corriente y abonar a la cuenta pendiente. Eso lo hizo responsable y le dio el impulso necesario para ir ascendiendo. Comenzó como vendedor de carros, después fue gerente de una concesionaria y luego dueño de la mejor agencia de carros del interior. También heredó tu generosidad y cada vez que puede ayudar a alguien a resolver un problema, te recuerda, sonríe y lo hace. No le importa si se lo agradecen o no. Su compensación es que te sientas orgullosa de él.

El testimonio de Raúl, Peyullo fue el siguiente: «Lo más significativo de la convivencia con mi madre fue cuando tenía once años. Me desperté como a las once de la noche, al escuchar unos sollozos, me levanté y me desplacé en la oscuridad con precaución. Cuando mis ojos se acostumbraron a la oscuridad, observé una silueta sentada en la mesa del comedor, la reconocí enseguida, era mi madre. Le pregunté por qué lloraba y respondió que no sabía cómo estirar los dólares, que el dinero no le alcanzaba, que necesitabas pagar las cuentas y comprar la comida. Esa noche pasé abruptamente de niño a hombre. Le prometí que en cuanto mis brazos tuvieran fuerzas para trabajar, ella no volvería a llorar por falta de dinero. Desde ese momento me propuse trabajar sin descanso. Mi fuerte determinación fue consecuencia del dolor al verla sufrir por problemas económicos. En cuanto tuve el dinero suficiente, lo primero que hice fue construirle su casa. No permití que nadie le informara que estaba construyendo una casa para ella. Una vez terminada, la llevé a visitar la casa y ella creyó que era para mí y se mostró feliz de que yo tuviera una casa preciosa en una barriada residencial. Recorrió el garaje, la terraza, todas las habitaciones, la sala-comedor, la sala de ver televisión y escuchar música, la lavandería, la cocina y el patio. Cuando le pregunté: «¿Cuándo se muda?«, me dijo que cómo se iba a mudar si esa casa no era suya. Le puse la llave en su mano y le dije: «Sí, es suya, es mi regalo». Empezó a sollozar como aquella noche que la sorprendí llorando por problemas económicos y le di gracias a Dios por permitirme cumplir la promesa que le hice cuando apenas era un niño. Rosa María, mi hija, era una niña pequeña, no comprendía la razón por la cual su abuela lloraba al recibir un regalo y se reía, nerviosa; Raúl, dos años mayor, pero también un niño, comenzó a llorar al ver a su abuelita, pensaba que estaba triste. Mi madre controló sus emociones para no afectar a sus nietos y dijo que ese había sido su gran anhelo: tener casa propia».

Tu hija Marisela comentó que el legado que le dejaste fue el de sentir compasión por las personas desfavorecidas, entendiendo que la compasión no es lástima, sino encarnar el sufrimiento de quien nos necesita. Desde los diez años, todas las quincenas, la enviabas a llevarle tres dólares a Mecha, una señora que vivía de la generosidad de sus semejantes, pues la familia la había abandonado. Mecha se alegraba mucho al verla, no solo por la ayuda, estaba necesitada de cariño. Nos enseñaste que hay que demostrarles que son queridas. «Si vas a hacer feliz a una persona, no lo dejes para mañana, hazlo hoy mismo», decías. A veces yo acompañaba a Marisela a visitar a Mecha y nos pedías que la acompañáramos, que la escucháramos, que le sonriéramos, pues ella necesitaba sentirse querida y estimada. En ocasiones la conversación se prolongaba por más de una hora. Peyullo molestaba a Marisela y le decía que se había *esmechado* los tres dólares, muchas veces, haciéndola llorar y tú lo regañabas. También le transmitiste el amor por la música. Le enseñabas las letras de las canciones y la acompañabas con la guitarra. Marisela canta como una profesional.

Yo, tu hija más pequeña, recibí el legado de la resiliencia que me ha permitido sobrellevar mi precario estado de salud, al cual no le pondré calificativo, no vale la pena. Además, ahora estoy estable y quiero ser optimista como nos enseñaste. La resiliencia es la capacidad de sobreponerse a la adversidad, al dolor, al desánimo y seguir adelante sin que las circunstancias te afecten, con suficiente equilibrio emocional ante las situaciones de estrés o desventura. Esto permite el control frente a la enfermedad, los acontecimientos inesperados y retos.

Heredé tus achaques y enfermedades genéticas. Tu salud tampoco fue buena, pero cuando estabas enferma, te arreglabas más que de costumbre. Decías que verse bien es tan importante como sentirse bien. Otro de tus legados fue la capacidad de contar historias. Reitero que eras una gran narradora. Me di cuenta de que yo también lo era cuando estuve enferma en cama y mis amigas Denis, Marus, Daysi, Rosa Elena entre otras llegaban con dulces y capuchinos para que les contara las últimas noticias del radio, porque como tenía problemas con la retina no podía ver televisión, solo escuchar la radio. Cuando las observé entretenidas, recordé la promesa de escribir una novela sobre la sedición en los tiempos de la dictadura de Noriega. Esa misma capacidad narrativa me ha permitido contar tu vida a grandes rasgos.

También me enseñaste a asumir compromisos. Trabajé por tres años en la Caja del Seguro Social de Chitré y cuando perdí el trabajo por motivos políticos, me dijiste: «Ahora tienes otro tipo de trabajo: buscar empleo, pero por esto nadie te pagará un salario, así es que encuéntralo rápido». Mientras estaba en esa búsqueda, no me permitiste ir a fiestas o paseos, porque mi mente solo debía enfocarla en conseguir empleo. Todos mis amigos me ayudaron en la búsqueda hasta que uno de ellos lo encontró. Hoy en día en los hogares falta esa disciplina y tal vez esa sea la causa de tanta irresponsabilidad entre la juventud. Los padres asumen los compromisos de sus hijos y estos malgastan su tiempo en actividades improductivas. Tampoco podíamos quejarnos del trabajo y decía que por eso se llama trabajo, porque si fuéramos a pasarla bien y a divertirnos se llamaría placer y no nos pagarían por realizarlo.

No solo dejaste huellas en tus hijos y en tus estudiantes, también en algunas personas que tuvieron el privilegio de conocerte. Cuando se casaron tus hijos varones, adoptaste a sus respectivas parejas, no como suegra, sino como una madre que siempre les prodigó amor y cuidados. Respetaste sus decisiones cuando se separaron y volvieron a casar, aceptando a sus nuevas esposas de igual forma, afirmando que los divorciados eran ellos y que tratarías a las anteriores con el cariño de siempre porque eran las madres de tus nietos. De esto pueden dar testimonio tus nueras: Emy, Juany, Carmencita y María Elena.

Olguita Tapia, sobrina de mi padre, fue otra de las personas a las que influiste, siendo una madre para ella. Pasaban horas conversando, le dabas consejos oportunos y acertados. Olguita me contó cómo te conoció: «Un día de verano disfrutaba de un paseo en la vieja bicicleta que mi padre Guillermo había reparado para mí. Eran los finales de los sesenta, ese día, cambié el rumbo y me encontré con tía Rosa, quien me ofreció una franca sonrisa que daba amistad, calor humano, sencillez, desprendimiento, autoridad. Ella sonrió y me dijo que no tomara tanto sol y que tuviera cuidado con los buses; me pidió que me acercara. Fueron las palabras iniciales de una bella relación. Yo estaba asombrada, y ella sonriente me preguntó cómo me llamaba. Cuando le dije mi nombre completo, preguntó de quién era hija, le dije el nombre de mi padre y exclamó, que si era hija de Guillermo, yo era de su familia, y me pidió darle un fuerte abrazo. Cuando lo hice sentí que me dio amor, fortaleza, seguridad, coraje, fe en la vida y esperanza para el resto de mis días.

Compartí con Rosa de Tapia momentos de dolor con la prematura partida de mi padre. Me impulsó a obtener una carrera profesional y en cuanto llegaba a mi pueblo le compartía mi experiencia académica.

Observé la satisfacción en su rostro al graduarme en la Universidad, y me dio sabios consejos, como si fuera otra madre. Me llevaba a visitar a sus amistades y con orgullo me presentaba como su otra hija. Al momento de una enfermedad era la primera en llegar a mi lecho. Muerto mi padre, ella me entregó como madre en la ceremonia nupcial e igualmente me acompañó en mis partos, extendiendo sus brazos llenos de amor, seguridad y confianza. Afirmaba sonriente:». Todo está y estará bien, Olguita». Solo su muerte nos separó, pero en mi camino por la vida, permanece su risa franca, su amor al prójimo, sus enseñanzas de amar y perdonar. Gracias, Rosa de Tapia. Marcaste mi vida y aprendí a amar a toda tu descendencia. Admiraba tu buen humor y la forma de enfrentar la vida con alegría han sido mi norte, amén de todas las enseñanzas que me obsequiaste».

Madre, cuando le pregunté a una de tus alumnas más queridas, Amparo Márquez, la huella que dejaste en su vida, este fue su testimonio: «A Rosa R. de Tapia le debo el AMOR por la sabiduría, por el conocimiento y por la enseñanza, que trascendieron ampliamente los límites del deber. Para las sucesivas generaciones de chitreanos —entre los que tuve el honor y la dicha de encontrarme— fue maestra, amiga y esa suerte de madre substituta, tan necesaria, en aquellos periodos de la vida, de extrema delicadeza, reconocidos como la temprana niñez y la adolescencia.

En la adultez, fue la confidente y asesora infaltable que me ayudaba, y aún lo hace, a descifrar los indefinibles misterios de la vida. Todavía gozo de su presencia y escucho su voz. Muchas gracias, Maestra Rosa.

Rosa María, la nieta con la que más compartiste, también me dio su testimonio. Ella es escritora, porque heredó tu talento narrativo. Le pregunté cuál era su recuerdo de ti y escribió estas líneas: «Mi padre decidió que yo llevara su nombre, y en ese acto de honor nadie sospechó que su esencia se mezclaría con la mía, definiendo características de mi personalidad tan parecidas a las suyas. Rosa María es el espacio de nueve letras que alberga a mi abuela y a mí. Nací en Chitré y hasta mis catorce años crecí a su lado. Tuve el privilegio de sentir su amor cerca con una constancia que construyó en mí un abrigo impermeable que en mis años de madurez me protegería de muchas tormentas existenciales. Me enseñó a ser agradecida, a ayudar a los demás y a tener fe en Dios. Todo esto lo hizo con su ejemplo, con largas charlas donde embelesada escuchaba sus anécdotas. Todas ellas con una lección de vida de compromiso que ayudó a forjarme como ser humano sensible y solidario. Nunca olvidaré su cuaderno donde listaba todo lo que iba a hacer en el día. En el primer renglón se leía siempre el mismo encabezado: Dios proveerá. También recuerdo su silla reclinable donde descansaba, su cabello perfectamente acicalado, y sus hermosas manos. Me cuentan que siendo niña solo aceptaba besos de ella, los demás me los limpiaba con la mano. La vida sabía que los necesitaría. Recolecté tantos de sus besos que en momentos de extrema oscuridad aún puedo sentir su calidez posándose sobre mi rostro. Mis días tienen mucho de ella. En el espacio común, aquel de nueve letras, siempre hay una lista de tareas diarias que lograr. Todas ellas sustentadas por buenas intenciones y encabezadas por: Dios proveerá.

Madre, he sentido un dolor profundo por no despedirme de ti. Estaba empeñada en buscar ayuda para que sobrevivieras al infarto, presintiendo que eran tus últimos minutos. Pero me resistía a aceptar esa terrible realidad, me negaba a renunciar a la esperanza de que te salvarías. Desde estas páginas te entrego mi corazón desgarrado, asegurándote que nunca te olvidaré. Han transcurrido treinta años de tu partida y me parece que fue ayer. No he dejado de sentir tu presencia ni un solo instante, tan cercana como cuando vivíamos en Chitré. He continuado la costumbre de hablar contigo, como lo hacíamos todas las tardes cuando llegaba del trabajo. Sé que me respondes, aunque no te escuche. Sé que estás aquí, aunque no te vea, porque siempre estarás en mi corazón, territorio que conquistaste desde que nací.

Este escrito ha sido un largo diálogo de despedida. Escribiendo estas líneas, las lágrimas fluyen, sin control y opacan mi visión, pero llorar no es vergonzoso, es abrir las puertas de un corazón herido, dejar salir el dolor y darle la bienvenida al amor, a los bellos recuerdos, siento que el dolor, la angustia y la nostalgia desaparecen y que en mi corazón permanece tu amor incondicional.

A cierta distancia, escuché una voz que reconocí de inmediato, eras tú, madre.

Querida hija, estoy del otro lado, no existe la muerte. Sí, estoy en otra dimensión, es como cerrar una puerta, estoy detrás de esa puerta que acabo de abrir para decirte que mis últimos pensamientos fueron para mis hijos en general y para ti en particular. Eras la única que quedabas sola, por esa razón, decidí permanecer cerca de ti. No te angusties más porque no te despediste, no tenías que hacerlo, porque estamos juntas. Yo estoy como te dije del otro lado de la puerta y cada vez que me necesites, llámame con una oración, porque la plegaria es el puente que nos acerca a nuestros seres queridos ya fallecidos.

He estado a tu lado, mientras recordabas fragmentos de mi vida, aquella que entregué sin reserva a mis seres queridos y a todo aquel que me necesitó, porque yo vivo en cada obra buena que hacen mis hijos, mi familia, mis alumnos y mis amigos. Estoy segura de que cada vez que ayudan a alguien, me recuerdan. Viviré para siempre en esas acciones porque cuando dejamos un legado de amor, jamás seremos olvidados. Seguimos vivos cada vez que nos recuerdan, porque la muerte, querida hija, es el olvido, pero cuando dejamos un legado, cuando dejamos huellas, te reitero, jamás seremos olvidados.

Los mejores años de tu vida los dedicaste a cuidarme y atender el negocio de mi hijo Peyullo. Lo hiciste con amor y compromiso. Sacrificaste tu juventud. No fue hasta que te retiraste que emprendiste el gran anhelo de tu vida: convertirte en escritora. Dios compensa las ofrendas que hacemos con amor. A pesar de que te enfermaste de gravedad, te has realizado como escritora, cumpliendo una función sociocultural, has impulsado a leer a mis pobres, porque te empeñaste en llevar la lectura a todas las esferas sociales. Tengo la certeza, querida hija, de que eso te hace feliz. En definitiva, has triunfado y me alegro mucho. Ahora usas esa capacidad para escribir acerca de lo que estimas como más significativo en mi vida, con el fin de que ese testimonio no quede en el olvido.

Querida Madre, espero que te guste la forma como relato tu semblanza. Ha sido mi proyecto más complicado. Recordar episodios de tu vida de hace tantos años, fue un esfuerzo de la memoria. No obstante, heredé esa cualidad de ti y recordé nombres de sesenta años atrás. Cuando no llegaban a mi mente, te preguntaba y como por arte de magia, aparecía ese nombre olvidado. Cuando se convive con alguien extraordinario como tú, los recuerdos llegan como si regresaras en el tiempo, porque tú, Madre, dejaste en mí una huella imborrable.

Narrar una vida de compromiso es un trabajo complejo, ya que dejaste un legado en cada una de las personas que te conocieron: trascender las anécdotas de tu vida, las relaciones de amor con tus padres, hermanos, hijos, estudiantes y amigos ha sido una tarea edificante.

En estos tiempos de corrupción, abulia e indiferencia necesitamos ejemplos de vida como el tuyo, para seguir adelante, motivados por la esperanza de que podemos influir en esa juventud cansada de modelos negativos, convencida de que los ideales son cosa del pasado, que no vale la pena luchar por un mejor país, que no vale la pena ser honesto, que no vale la pena ser solidarios porque su único destino es refugiarse en un individualismo pernicioso que los conduce a una vida sin sentido. Con este testimonio pretendo despertarlos para que les sirva de motivación a un cambio de actitud.

Tal vez piensen, queridos lectores, que el testimonio que ofrezco de mi madre es una gota de miel en un océano amargo, lleno de escepticismo e indiferencia, pero quiero pensar como mi madre, que era la reina de la esperanza. Ella fue capaz de abrir caminos por los corredores del espíritu de sus alumnos y llevar un mensaje inspirador a sus vidas. Estoy segura de que este testimonio también encontrará el camino para llegar al corazón de todos ustedes. Aunque sea difícil de creer, hay numerosas razones para el optimismo. Elevemos nuestras fuerzas espirituales a nuevas alturas, por encima de la situación económica imperante, del desempleo, de la pobreza, de la indiferencia de algunos y de nuestro constante pesimismo. Recuperemos de una vez por todas la esperanza; y trabajemos juntos por un mejor país, por nuestras familias, por los marginados sociales; con esa valentía y optimismo que antecede al triunfo y que la maestra Rosa nos inculcó.

Queridos lectores, les toca a ustedes continuar y escribir testimonios de vidas de compromisos. A partir de ahora escriban en una libreta, computadora o tableta las huellas de las personas que influyeron en sus vidas. "Es una tarea impostergable empezar a construir testimonios edificantes en un mundo donde nos agobia la desesperanza, la indiferencia, la mediocridad. Hemos llegado a pensar que no hay ejemplos a seguir, que no hay líderes, que no hay personas dignas de confianza. Sí, las hay. De ustedes depende que no pasen inadvertidas."

Espero que esto sea útil para tu novela. Si necesitas más ayuda o tienes alguna otra pregunta, no dudes en decirme. A ustedes les corresponde ponderarlas. Ríndanles homenaje a sus madres, padres, maestros, esos héroes anónimos que han educado a la juventud por medio del ejemplo de una vida de compromiso.

NOTA DE AGRADECIMIENTO

A mi amiga Aurora Reyna de Suárez, mi correctora de estilo por muchos años, quien me proporcionó los relatos de dos sobrevivientes del naufragio del barco «La Unión»: Melito Rodríguez y Sergio Pérez Saavedra, únicas fuentes históricas de este terrible suceso, son extractos muy bien narrados y me fueron de gran utilidad.

A Bruniselda Ríos, mi prima, que dio información pertinente al naufragio que no consta en los dos testimonios, ella, con solo diez meses, sobrevivió a esa terrible tragedia.

A mis hermanos: Solveig que me contó algunos pasajes que desconocía. A todos los que dieron su testimonio de la huella que Rosa Rodríguez de Tapia dejó en sus vidas: Juan Carlos, Solveig, Peyullo, Marisela, Olguita Tapia, Rosa María y Amparo Márquez.

A mi sobrino Kevin Reimer, creativo de la portada de la semblanza *Vida de compromiso*.

A Ariel Barría Alvarado, mi editor estructural, quien me ha asesorado durante toda mi carrera literaria.

A Isabel Méndez, mi amiga, que desde hace seis años es la maestra de ceremonia en las presentaciones de mis novelas.

A mis queridos lectores, que cada año leen mis novelas y promueven con sus amistades la lectura de las mismas.

OBRAS PUBLICADAS

Caminos y encuentros
Y era lo que nadie creía
Travesías mágicas
La noche oscura
La cárcel de temor
Roberto por el buen camino
La raíz de la hoguera
Los ángeles del olvido
No hay Trato
Mujeres en fuga
Agenda para el desastre
Niña bella
El retorno de los bárbaros
El crepitar de la Hoguera
Diagnóstico: N. P. I.
Los misterios del olvido
El arcoíris sobre el pantano
El poder desenmascara
Un grito desde el silencio/ el oscuro abismo del bullying
El murmullo de la sombra
Vida de compromiso
La noche no dura para siempre
Se presume culpable
Veinte años Después
La burbuja invisible
Solo en la noche se observan las estrellas
¿Qué vamos a hacer después de lo que nos hicieron?
En el umbral del olvido